MAX BECKER

AF235434

Rolf Breuer

MAX BECKER

AUFBAU – TRÜMMER – GERÖLL

2021

Bibliografische Information der Deutschen Nationalbibliothek

Die Deutsche Nationalbibliothek verzeichnet diese Publikation
in der Deutschen Nationalbibliografie; detaillierte bibliografische
Daten sind im Internet über http://dnb.d-nb.de abrufbar.

Satz und Umschlaggestaltung: Christian Huppert, Werne
Umschlagfoto: Pete Lintforth/pixabay
Herstellung & Verlag:
BoD – Books on Demand
Printed in Germany
ISBN: 978-3-753-40330-4

Inhalt

I

Die Beckers waren ein neues Geschlecht in dem Sinn, daß sie erst durch die Kriege aus den abgeschiedenen Dörfern, in denen die Ahnen gelebt hatten, in die Öffentlichkeit der Städte gelangten.

Hans Becker stammte aus der nördlichen Eifel, einer der ärmsten deutschen Landschaften: die Böden karg, die Winter lang und schneereich, und von den Ardennen im Südwesten, vom Hohen Venn im Westen oder vom Hürtgenwald im Norden her schnitt dann monatelang ein eisiger Wind ins Gesicht. Vor kurzem hatten bei Nacht die Winde den Geschützdonner von Lüttich herübergetragen. In der Schule bekam Hans ein Lesebuch mit Bildern von allen Dingen im Haus, auf dem Feld, im Wald. Auch die Tiere sah man, darunter das Wort. Er buchstabierte P-f-e-r-d. Da sagte die Großmutter:

– Die Franzosen sagen cheval. Es ist aber ein Pferd.

In den Ferien hütete er die Schweine. Dann verließ der Vater das Dorf. Nach dem Krieg kam er zurück, aber nur kurz. In der Woche war er nun in Düsseldorf, als Meister bei der Gerresheimer Glashütte. Bald holte er die Familie nach: Hans selbst, die Mutter, die Schwester. Einmal führte der Vater Hans am Sonntag zum Werk. Als sie an der Bahnlinie standen und hoch nach Erkrath schauten, kam von hinten ein Zug. Als er vorbei war, sah man am Ende noch eine Lokomotive. Der Vater sagte, das sei die steilste Zugstrecke der Welt.

Dann starb die Mutter. Hans verließ die Schule und wurde Lehrling in einer Eisenwarenhandlung. Der Vater kannte den Chef. Der Vater heiratete wieder. Da zog Hans aus und wohnte über dem Laden bei der Schwester des Chefs. Dafür bekam er kein Lehrgeld. Morgens war er der erste an der Ladentür. Wenn aufgeschlossen wurde, schlüpfte er in das Geschäft und zog den Arbeitskittel über, bevor die Verkäuferinnen seine abgetragene Kleidung sehen konnten. Er war fleißig, genau und verstand alles sofort. Abends ging er in die Volksbücherei und las das Lexikon, in zwei Jahren alle zwölf Bände in der alphabetischen Reihenfolge der Einträge. Samstag abends ging er boxen, er war in einem Boxverein. Sonntags ging er schwimmen, er war auch in einem Schwimmverein. Mit achtzehn trat er in eine Firma für Großkochanlagen ein und lebte die nächsten Jahre in Hamburg, Leipzig und Berlin. Mit drei Freunden spielte er abends Skat in einer Gastwirtschaft, denn ihr gemeinsames Zimmer war nur gerade zum Schlafen groß genug. In Berlin war Hans einmal drei Monate arbeitslos. Aber er arbeitete doch, ohne Lohn, machte beim Bau einer U-Bahn mit, um nicht in Gefahr zu geraten, morgens liegen zu bleiben und dann den Tag mit anderen Arbeitslosen herumzulungern.

Die Eifeler! Tant' Trautchen, Tante Agnes, Onkel Peter, die Eifeler Beckers litten an einem Familienleiden: sie waren unheilbare Schwätzer, im rheinischen Tonfall und ordinär. Nein, „litten" kann man gerade nicht sagen. Sie erfreuten sich dieser Krankheit. Einst, als man sich nach dem Tod der Mutter in der Küche versammelt hatte, um von dort gemeinsam zur Beerdigung aufzubrechen, erzählte ein Vetter des Vaters, der als Weinhändler an der Mosel lebte, wie er sich kürzlich in einem Kölner Kaufhaus etwas gekauft hatte, in der Küchenabteilung im ersten Stock. Er zögerte.

– Oder war es im zweiten?

Er blickte zu seiner Frau, Tante Lotte.

– Nee, doch im ersten.

Er zögerte:

– Obwohl, vielleicht …

Er wollte fortfahren, da wurde Hans von seiner Qual erlöst, denn der Vater trat ein und sagte, nun gehe es los.

Elisabeth Schäfer kam aus einem Dorf im südlichen Teutoburger Wald. Sie hatte sieben Geschwister, aber eines war gleich nach der Geburt gestorben. Doch es hatte gelebt und war ein Mädchen. Elisabeth war die jüngste. Der Pfarrer war der wichtigste Mann im Ort. Die Kirche, etwas höher gelegen als das Dorf, stand am Fuß eines ansteigenden Feldes, das weiter oben von einem Wald begrenzt wurde. Hinter der Kirche lag der Friedhof. Wer hier ruhte, blickte über sein Dorf, hinüber zu den Feldern und Wiesen des gegenüberliegenden Abhangs. Unten floß ein Bach durch das Dorf, das heißt, er floß meist nicht, denn der Boden war aus Kalkstein und verschluckte das Wasser, außer bei Starkregen oder Schneeschmelze. Nach der Messe gingen alle zu den Gräbern ihrer Verstorbenen. Vor den Grabsteinen standen kleine Schalen mit Wasser und dareingetauchten Eibenzweigen. Die Kinder, stellvertretend für die Erwachsenen, sprengten mit den Zweigen Wasser auf die Gräber. Die Toten blieben unter den Lebenden. Dann gingen die Männer in die Wirtschaft, die Frauen nach Hause, wegen des Mittagessens. Lisbeth war im Kirchenchor. „Zwei Flöni" sang sie, bis sie später verstand, daß es „Zweifle nie" hieß. Der Vater war vor Verdun verwundet worden. Er wollte unbedingt nach Hause und unterschrieb eine Erklärung, in der er für sich und seine Familie auf alle Rechte verzichtete, die ihm als verwundeten Soldaten im Lazarett zustanden. Als er starb, bedeutete das für die Mutter mit den sieben Kindern den Verlust der Kriegerwitwenrente. Nur zwei der Geschwister heirateten und hatten Kinder. Eine Schwester war verwachsen, denn sie war vom Wickeltisch gefallen, und starb früh.

Bei Schwestern in P. lernte Elisabeth kochen und Haushaltsführung. Danach arbeitete sie als Bedienung in D., aber das war evangelisch, und sie kam zurück nach P. Dort verlobte sie sich, aber ihr Verlobter, der der SA beigetreten war, um seiner Leidenschaft, dem Motorradfahren, frönen zu können, prallte auf der Landstraße gegen einen Baum. Da wechselte sie als Bedienung ins Gräfliche Hotel in Bad Dr. Sie sah angenehm aus und hatte gute Manieren. Dort sprach sie eines Tages, als sie ihm Kaffee servierte, der Vertreter für Großkochanlagen Hans Becker an. Er war mit seinem DKW auf Geschäftsreise zurück nach Düsseldorf, wo er inzwischen die Niederlassung seiner Firma für Großkochanlagen leitete. Noch war Elisabeth in Trauer, aber als er ihr nach zwei Monaten schrieb, erlaubte sie ihm beim nächsten Mal einen Besuch.

Danach jedoch kam der Anschluß Österreichs ans Deutsche Reich, die Firma K. wollte in der neuen Ostmark Fuß fassen und schickte den Mitarbeiter Becker als ihren Repräsentanten nach Wien, um eine Niederlassung aufzubauen. So verschob sich der Besuch in Dr. bis ins nächste Jahr. Erst nach der Zerschlagung der Tschecho-Slowakei gewährte man ihm einige Tage Urlaub, um den er sehr gedrängt hatte. Als Geschenk brachte er *Vom Winde verweht* mit. Elisabeths Mutter hielt nichts von einer Verbindung mit dem – vermutlich windigen – Vertreter. Auch würde Wien bedeuten, die Tochter praktisch zu verlieren. Daß Hans vor Jahren aus der Kirche ausgetreten war, durfte die Mutter nicht einmal ahnen. Bei einem Spaziergang nach Ahlhausen erzählte Libeth – so nannte er sie nun – von *Dreizehnlinden*, und wie der heidnische Sachse Elmar, um die fränkische Grafentochter Hildegunde, die ihn liebte, freien zu können, zum Christentum übertrat. Auch die Freunde sahen die Sache skeptisch, als Hans von dem Besuch erzählte.

– Ob die dich ein Leben lang fesseln kann?

Sie dachten an ihre gemeinsame Zeit in Hamburg.

Von Wien aus machte Hans seiner Libeth einen Heiratsantrag. Er war wieder in die Kirche eingetreten. Die Mutter verpflichtete Elisabeth darauf, noch am Morgen nach der Ankunft mit dem Nachtzug vom Bahnhof aus sogleich zum Standesamt und zur Kirche zu gehen, bevor sie dem fremden Mann in die Wohnung folgen würde. Auf dem offiziellen Hochzeitsfoto hält Elisabeth ihre rechte Hand derart ins Bild, daß ihre Mutter den Ehering deutlich sehen konnte. Das Geschenk des Standesamtes war *Mein Kampf*.

* * *

Tagsüber war Elisabeth allein in der Wohnung, die sie nur zum Einkaufen verließ. Sie kannte niemanden. Hans eigentlich auch nicht, zwei, drei Kollegen zählten nicht wirklich. Gegenüber lag der Südbahnhof. Von dort reiste man in Landschaften mit Namen wie aus einer anderen Welt: Banat, Batschka, Dobrudscha, Sandschak. Es war mehr als Heimweh. Sie war fremd und ganz allein. Nach dem Jubel auf dem Heldenplatz kühlten die Gefühle der Österreicher für die Reichsdeutschen rasch ab. So bald nach dem Anschluß schon Krieg. So hatte man sich die Vereinigung zum Großdeutschen Reich nicht vorgestellt. Polen wurde schnell niedergeworfen. Man konnte immerhin auf ein Ende des Krieges hoffen. Aber dann auch Dänemark, Norwegen, Frankreich. Wo sollte das hinführen? Die Luftschlacht um England, die Versenkung der *Bismarck*.

Da kam Max auf die Welt. Hans nannte ihn Max. Das war ein Kompromiß zwischen Ferdinand, dem Namen von Elisabeths totem Vater, und Hermann oder Rolf, was im Standesamt für die Unentschiedenen angeboten wurde. Hans trat auch nicht in die Partei ein, war nie in seinem Leben organisiert gewesen, außer im Sportverein. Er würde auch nie einen Orden annehmen, außer die Lebensrettungsmedaille. Der Krieg war ein furchtbarer Fehler. Er schaffte es, sich UK stellen zu lassen. Das war nicht leicht durchzuhalten gegenüber den Freunden und Schwägern, die jetzt an der Ostfront kämpften. Tagelang zogen russische Kriegsgefangene vom Südbahnhof zum Westbahnhof, auf ihrem Weg tiefer ins Reich. Wie sollte das enden? Einmal kam ein Bruder Elisabeths auf Heimaturlaub von der Krim auf dem Weg nach Hause für eine Nacht bei ihnen vorbei. Er solle erzählen, aber er schwieg. Dann sagte er:

– Das kann man nicht erzählen.

Orel. Woronesch. Liszts *Prelude*. Doch dann ging die 6. Armee unter. Die Panzerschlacht bei Kursk mußte abgebrochen werden. Wie konnte sich der Manstein nur auf eine Schlacht einlassen, die zum Handgemenge Hunderter von Panzern auf engstem Raum werden mußte! Die Stärken der deutschen Armeen waren doch taktische Überlegenheit, stärkere Panzerung und größere Reichweite der *Tiger*, bessere Ausbildung der Soldaten.

Im Wohnzimmer sitzt Max auf dem Boden und telefoniert. Einmal hat er das Staubsaugerrohr am Mund, einmal am Ohr. Er telefoniert mit Herrn Pimmer und Herrn Mecker, Geschäftsfreunden. Elisabeth nimmt ihren Sohn, sie drückt ihn fest an sich, ihren Erstgeborenen, in der Fremde geboren. Sie trägt ihn in der Wohnung umher. Er ist ihr ein und alles. Ihr kleiner Muselmann. Sie schiebt den Sportwagen zum Belvedere. Max läuft um das Wasserbecken und taucht die Hand ein. Sie sitzt auf dem Beckenrand.

Im Spätsommer begannen von Flugfeldern in Süditalien aus die Angriffe amerikanischer Bomberflotten auf Wien. Hans Becker erkannte, daß der Krieg verloren gehen würde, und begann, über die Evakuierung der Familie nachzudenken. Hier bleiben war undenkbar. Die Österreicher bereiteten sich schon auf die Rolle des ersten Opfers des preußischen Militarismus vor. Der Russe hatte am meisten gelitten, dessen Haß und Revanche würden furchtbar sein. Auch der Franzose im Südwesten war sicher voller Ressentiment. Am besten als Sieger und Eroberer waren wahrscheinlich die Amerikaner. Also vielleicht Bayern? Hans kannte die Pläne der Alliierten. Er sprach einen Münchner Kollegen an, aber man mußte vorsichtig sein, die Pläne durften nicht wie Defätismus aussehen. Die Regierung hatte möglichst viele in Untaten verstrickt, die hatten viel zu fürchten und waren im Angesicht der Katastrophe besonders gefährlich. Die Planung zog sich über den Winter hin. Im Frühjahr näherte sich die Rote Armee bereits Ungarn. Die Anglo-Amerikaner landeten in der Normandie. Zusammenbruch der Heeresgruppe Mitte. Da endlich konnte Elisabeth mit Max einen Zug nach Regensburg besteigen. Sie wohnten bei einer Witwe nahe der Eisenbahnbrücke. Es wurde ein kalter Winter. Morgens war das Wasser in der Schüssel auf dem Tisch mit der Platte aus falschem Marmor gefroren. Man mußte die Eisdecke zerbrechen. Max ekelte, daß man sich mit demselben Wasser Hände waschen und Zähne putzen mußte. Was immer man zuerst tat, das zweite war grauslich. Den Tag über lagen sie meistens im Bett unter der Decke. Dann kam der Vater mit zwei Koffern und einem Rucksack aus Wien. Er wurde jetzt doch noch eingezogen. Seine Einheit sollte den Übergang der Amerikaner über die Donau bei Donauwörth verhindern. Dann erreichten die Amerikaner Regensburg. Nun brach alles zusammen.

Es wurde ein heißer Frühsommer. Max lief hinter seiner Mutter her zum Fluß. Sie nahm ihre silberne Kette mit dem Amulett vom Hals und betete, wegen des Vaters. Sie führte das Amulett an die Lippen. Max auch. Auf dem Rückweg vermißte sie plötzlich Kette und Amulett. Wahrscheinlich hatte sie beim Wiederanlegen den Verschluß der Kette vor Aufregung nicht richtig eingehakt. Bleich vor Entsetzen lief sie den Weg zurück. Das konnte ein schlimmes Vorzeichen sein. Was war mit Hans? Die Sonne ging bereits unter. Sie betete zum heiligen Antonius. Das war der Heilige für verlorene Sachen. Und tatsächlich, da glänzte es hell im hohen Gras. Der Vater kam nach ein paar Wochen zurück. Zum tschechischen Gewehr paßte die deutsche Munition nicht. Da ergab er sich, und die anderen auch. Ein paar Wochen lag er im Stadtgraben von Abensberg als Kriegsgefangener. Dann wurden die Bauern aus der Umgebung freigelassen, zur Bewirtschaftung der Felder. Auch der Vater meldete sich als Bauer.

* * *

Die Mutter gräbt den Garten der Frau um. Der Vater ist wieder fort.

In einem Gebüsch findet Max ein komisches Ding, schwer und kalt. Er trägt es nach Hause und zeigt es der Mutter. Sie nimmt es schnell und fest ohne ein Wort, es ist wie ein vorsichtiges Reißen. Er blickt die Mutter an. Ihr Gesicht ist entstellt vor Schrecken. Nie wieder darf er etwas anfassen, was er nicht kennt.

An der Hand der Mutter geht Max über die große Brücke. Man kann durch die Geländerstäbe schauen. Tief unten, es schwindelt einen fast, fließt dunkel und schnell der Fluß. Gegenüber auf der anderen Seite kommt noch ein Fluß und fließt in die Donau hinein. Die Schienen links vom Gehweg beginnen zu singen. Da kommt aus den Bergen um die Kurve ein Güterzug, und als er vom Erdboden auf die Brücke fährt, direkt auf sie zu, fängt alles an zu zittern, und dann donnert der Zug an ihnen vorbei.

Mit der Mutter geht Max in die Kirche. Früher war es ein Kloster. Die zwei Türme haben Pyramidenhelme! Draußen sticht St. Georg den Drachen.

Dann kommt der Vater wieder. Die Mutter backt einen Kuchen. Es gibt Sahne. Als Max die Sahne gegessen hat, leckt der Vater die Schüssel sauber. Sie packen ihre Sachen. Der Vater nimmt zwei Koffer und den Rucksack. Die Mutter trägt auch einen Rucksack und hält Max an der Hand. Ein Nachbar leiht ihnen seinen Leiterwagen für den Weg zum Bahnhof. Sein Sohn zieht ihn zurück. Man ist froh, daß sie wieder fort sind. Später fährt Max mit dem Zug über die Donaubrücke. Es wird Abend. Max steht mit dem Vater auf dem Perron im Sturm. Hinter dunklen Wolken geht links die Sonne unter. Der Zug stampft durch die Nacht. Mal schläft Max auf dem Schoß des Vaters, mal auf dem der Mutter. Einer der beiden ist immer wach und paßt auf das Gepäck auf, vor allem wenn der Zug hält. Am Morgen sind sie in Frankfurt. Der Vater schickt ein Telegramm an den Pfarrer in D. Bei ihm war die Mutter als Kind im Kommunionsunterricht. Stundenlang sitzen sie auf ihren Koffern am Bahnsteig. Dann geht es weiter, den ganzen Tag. Schon wieder wird es dunkel, da hält der Zug in A. Unten am Bahndamm steht ein Pferdefuhrwerk. Eine Frau stürzt auf die Mutter zu. Dann wird Max gedrückt. Es ist die Großmutter. Sie weint, sie hat ihren Enkel noch nie gesehen. Und dann ist da ein Hund, Bella. Die ist ganz außer sich, als sie die Mutter beschnuppert. Sie fahren zum Dorf. Die Mutter kennt die Straße, jeden Weg, jedes Haus. Der Vater bleibt nur eine Nacht, dann fährt er nach Düsseldorf, um eine Wohnung zu suchen. Er will auch nach seiner alten Firma suchen.

In den nächsten Tagen lernt Max alle Freundinnen der Mutter kennen. Die muß immer erzählen. Das Dorf ist groß geworden, Flüchtlinge und Vertriebene zu Dutzenden. Max riecht die Luft, als die Wiesen gemäht werden. Mahd. Einmal macht die ganze Familie eine Wanderung zur Hilligen Seele, einer Wallfahrtskapelle. In der Nähe gab es im Frühjahr noch eine kleine Panzerschlacht. Dann gibt es eine Prozession durch das Dorf. Die Heilige in der Kirche hat Namenstag. Max ist jetzt fast fünf, bald Geburtstag, aber der Namenstag ist wichtiger als der Geburtstag.

Der Vater kommt zurück. Die Firma hat ihm ein Auto geliehen, damit er die Mutter und ihn mit allem Gepäck holen kann. Auf der Fahrt zurück auf der Landstraße ruft der Vater auf einmal:

– Jetzt fahren wir 70!

Max schaut durch die Ritzen zwischen den Brettern, die den Boden des Autos bilden, wie da unten die Straße vorbeirast. Der Vater erzählt, daß in der Wohnung erst ein Zimmer und die Küche fertig sind. Die Sparkasse gegenüber hatte einen Volltreffer, und dabei ist die Fensterfront ihrer Wohnung kaputt gegangen. So müssen die anderen Zimmer und das Büro vor dem Winter noch abgedichtet werden. Aber er hat schon einen Kohleherd aufgestellt.

* * *

Hans Beckers Entscheidung für Düsseldorf war eine glückliche Wahl, zwar überschattet vom Tod des Vaters bei einem Bombenangriff vor zwei Jahren, aber es war die Stadt seiner Jugendjahre, in der er an alte Bekanntschaften anknüpfen konnte, und seine in Gelsenkirchen angesiedelte Firma brauchte einen Repräsentanten im Rheinland, und es traf sich gut, daß die Engländer als Besatzungsmacht bald darauf – als Schachzug gegen den Franzosenfreund und Kölner Oberbürgermeister Konrad Adenauer – Düsseldorf zur Hauptstadt des neuen Bundeslandes Nordrhein-

Westfalen machten. Schon früh erkannte Hans Becker, daß in den drei Westzonen der Wiederaufbau gewollt war, nicht zuletzt wegen der rapide sich verschlechternden Beziehungen zu Stalins Sowjetunion, und daß folglich – wenn nicht ein neuer Krieg ausbrach und die Welt unterging – bald viele Großküchen und Großkochanlagen gebraucht würden, für Fabriken und Firmen, für Behörden und Verwaltungen, für Klöster und irgendwann auch für Mensen. Eine Position als angestellter Gehaltsempfänger kam für den Selfmademan nicht mehr in Frage, er erreichte einen Vertrag als selbständiger Vertreter mit 10% Provision vom Umsatz. K. streckte so viel Geld vor, wie zur Einrichtung eines Büros, für eine Sekretärin und zum Leben vonnöten war. Mit der Rückzahlung würde er sobald wie möglich beginnen.

So wurde nach Schlafzimmer, Kinderzimmer, Bad und Küche als nächstes ein Raum der Wohnung zum Büro ausgebaut und eine Sekretärin eingestellt. Jetzt fing das Leben neu an, Hans Becker war vierzig, er wollte ein erfolgreicher Geschäftsmann werden. Auf den firmeneigenen DKW folgte bald nach der Währungsreform ein Volkswagen und zwei Jahre später ein schwarzer Mercedes 170. Das war für ihn das richtige Auto wegen der vielen Kilometer im Jahr und für die Kunden ein Zeichen gesunder wirtschaftlicher Verhältnisse. Der Bezirk umfaßte das ganze Rheinland nördlich von Köln. Ein typischer Tag sah so aus: Morgens zwei oder drei Stunden im Büro, dann Besuch eines Krankenhauses in Bedburg-Hau, oder frühmorgens Fahrt nach Frimmersdorf zum Braunkohlewerk und mittags zurück ins Büro für Telefonate und Korrespondenz mit Kunden und der Zentrale, die in den ersten Jahren noch Aufrisse und Pläne der Küchen und ähnliches übernahm. Ein verkehrstechnisches Handicap war die im März 1945 von den zurückweichenden deutschen Truppen gesprengte Oberkasseler Brücke, zuletzt Skagerrak-Brücke genannt. Sie war in den 1890er Jahren errichtet worden als Voraussetzung der bald darauf erfolgenden Eingemeindungen von Niederkassel, Oberkassel und Heerdt, womit Düsseldorf ins Linksrheinische hinübergriff. Das war stets ein Düsseldorfer Problem gewesen – und blieb es auf höherem Niveau auch danach –, daß die Stadt sich nicht ausbreiten konnte und daher hinter Berlin, hinter München und – vor allem – hinter Köln zurückblieb. Das lag an den zahlreichen Städten, die Düsseldorf umzingelten: Duisburg, Ratingen, Mettmann, Hilden, Wuppertal beziehungsweise seine Vorläufer, Neuss, Büderich. Nun konnte von Heerdt aus eine Straßenbahn nach Neuss, von Oberkassel aus eine Fernbahn nach Krefeld fahren. In Oberkassel aber lag die Wohnung der Beckers, in einem Eckhaus nahe der Hauptverkehrsader, der Luegallee. Zuerst war eine Pontonbrücke die Notlösung, die die linksrheinischen Stadtteile mit der Innenstadt verband. Als endlich die neue Oberkasseler Brücke fertiggestellt war, konnte Hans Becker das provisorische Büro in der eigenen Wohnung aufgeben und Ausstellungsräume in der Nähe des Hauptbahnhofs mieten. Dort stellte er eine weitere Schreibkraft und einen technischen Zeichner ein und wurde so weitgehend unabhängig von Gelsenkirchen. Hier konnte er Kippbratpfannen, die neuesten Elektroherde, riesige Töpfe mit Siebeinlagen und ähnliche Dinge ausstellen. Einige Jahre später konnte er eines Abends zu Elisabeth sagen, und Max hörte es auch, daß er im vergangenen Jahr 100.000 Mark versteuert habe.

Die Voraussetzung all dessen war die Währungsreform gewesen. Da das große Gebäude zerstört war, hatte die Sparkasse Räume im Erdgeschoß unterhalb der Becker-schen Wohnung angemietet. Dort arbeitete ein junger Mann, Herr Kosbab. Er war unverheiratet, ganz allein, aus dem Osten, und er mußte sein Mittagessen zu Hause vor-kochen und in einem Kochgeschirr ins Büro mitbringen. Elisabeth nahm sich seiner an, denn er war schmächtig, schüchtern und elend. Mittags wärmte sie sein Essen auf, und er aß mit ihr und Max in der Küche. Als das neue Geld kam, stand Max als Platzhalter für die Eltern in der langen Schlange und war deshalb dabei, als Herr Kosbab die neuen Scheine für die Familie auszahlte. Überhaupt das Schlangestehen! Jeden Tag schickte die Mutter Max, wenn er aus der Schule kam, irgendwohin zum Schlangestehen, zum Beispiel mit Geld und einem Zettel für Maisbrot zur Bäckerei Zander, so daß sie Zeit für die Zubereitung des Mittagessens hatte. Erst danach durfte er raus, wo die anderen in den Trümmerbergen um die Sparkasse herum schon Räuber und Schandiz oder Cowboy und Indianer spielten. Max hatte sich dafür ein Gewehr gebastelt: auf einem Stock hatte er eine Wäscheklammer festgenagelt, in die man einen Dichtungsgummi von Einweckgläsern einspannte und vorne über das Ende des Stocks zog. Wenn man auf die Wäscheklammer drückte, schnellte der Gummi los, um den Feind abzutreffen. Bald hatten alle solche Waffen, sein Freund Willi Schüssler, der Pro-let Willi Nakaten, der Sohn der Nachbarn auf derselben Etage Rainer Hermann. Dann nagelte Max noch eine Wäscheklammer an den Stock, und zwar unten, so daß er ein doppelläufiges Gewehr hatte.

Auf einmal hatte einer einen Lederball, man konnte Fußball spielen, auf dem Platz hinter der Kirche, mit zwei Bäumen als Torpfosten. Als Max einen eigenen Ball bekam, übte er Köppen. Vor der Hauswand, zwischen zwei Fenstern der Ersatz-Sparkasse, übte er, den Ball so oft wie möglich an die Wand zu köpfen, bevor der irgendwann auf das Trottoir titschte. Ein anderes Spiel konnte er nur allein spielen, weil sonst niemand Lust darauf hatte: um den Block laufen. Um den Block rannte er im Laufe der Jahre viele hundert Mal, bis er unter einer Minute blieb. Am besten aber war er im Rollschuhfahren. Weil er dünn und beweglich war, konnte er schneller rückwärts laufen als die meisten anderen vorwärts, vor allem die Mädchen, die allerdings sowieso lieber Figuren liefen. Ein Mädchen aber gab es, die konnte fast so schnell rennen wie Max. Auf dem Schulhof lachte sie, und dann mußte er sie fangen. Sie schlug Haken, es war nicht leicht, aber dann fing er sie doch. Wenn sie sich ihm entwand, spürte er ihren Körper.

Am Heiligenhäuschen vorbei war man schnell am Rhein. Alle paar hundert Meter ragten Kribben in den Fluß. Auf der anderen Seite sah man den schiefen Kirchturm und den Schloßturm. Möwen, die eigentlich an die Nordsee gehörten, hatten sich wegen des guten Futters in den letzten Jahren an das Süßwasser gewöhnt. Max saß mit der Mutter am Ende der Kribbe und schaute auf den Strom. Gerade zog ein Schiffsverband nach rechts flußaufwärts, vorne der Schlepper mit zwei Schornsteinen, dann, an Stahltrossen aufgereiht, die Schleppkähne, beladen mit Kies, Kohle oder sonstwas, das man nicht sehen konnte, weil der Laderaum abgedeckt war. Einer lag so tief im Wasser, daß die Bordwand von den Wellen überspült wurde, wenn ein Schiff in schneller Talfahrt den Konvoi passierte. Auch die Schleppkähne hatten Aufbauten, hinten für den Steuermann. Das Navigieren eines Verbandes, der fast zwei Kilometer lang war, mußte eine schwere Kunst sein. Manche Steuermänner hatten ihre Familie dabei. Dann lief ein Junge den eisernen Steg zwischen Laderaum und Bordwand entlang, und eine Frau schöpfte mit einem Einer Wasser aus dem Fluß. Einmal zählte Max neun Kähne hinter dem Schlepper, und es dauerte über eine Stunde, bis alle an ihm vorbeigezogen waren und der letzte hinter der Biegung verschwand. Letzten Sommer hatte er hier noch ins Wasser gedurft, jetzt nicht mehr, die Industrie arbeitete wieder.

Elisabeth schaute hinüber auf die Stadtfront, von St. Lambertus bis zum Wilhelm-Marx-Haus, aber ihr Blick ging noch weiter nach Osten. Düsseldorf lag zwar näher an P. und D. als Wien, aber von der rheinischen Großstadt, immer noch voller Trümmer, bis hin zu ihrem Dorf im hinteren Westfalen war es doch weit. Keine Freundinnen aus der Schulzeit, bei denen einem nie der Gesprächsstoff ausging. Und die Fehlgeburt. Vor einigen Wochen hatte sie Max gefragt, ob er sich noch ein Geschwisterchen vorstellen könnte. Und dann. Wahrscheinlich war sie schon zu alt. Eine Woche lang lag sie trostlos im Krankenhaus. Max hatte die Frage offenbar schon vergessen, als sie wieder da war. Hans verteidigte Düsseldorf. Die Luegallee war ja auch die B 7, die weiter östlich an ihrem nördlichsten Punkt bei Sch. nicht weit von ihrem Zuhause vorbeilief. Sie lebte fast in derselben Straße wie früher! Er verstand sie nicht, er war eben wenig romantisch. Er war ein Stadtmensch, im Grunde heimatlos. Obwohl, als jetzt die Wohnung fertig war, hatte er gesagt, hier wolle er nun zur Ruhe kommen nach fünfzehn Wohnorten in seinem Leben. Sie würde sich nie an die Sprache gewöhnen. So ordinär. Gewöhnlich. Die Kirche war auch nicht heimatlich. Dechant König war hoheitsvoll. Er hatte drei Kapläne und einen Vikar. Warm wurde man mit ihm nicht. Sie dachte an Pfarrer Schuhmann. Immerhin war die Wohnung jetzt fertig, das Wohnzimmer zuletzt. Und natürlich schaffte Hans die neueste und beste Kücheneinrichtung an: Gasherd, Kühlschrank, Waschmaschine. Bisher brauchte man einen ganzen Tag für die Wäsche. Elisabeths Waschtag war Montag. Um 4 Uhr aufstehen und Feuer unter dem Waschkessel machen. Dann kochte das Wasser um 7 oder 8, und man konnte die Wäsche hineintun, später auf dem Waschbrett schrubben, spülen, aufhängen. Dann konnten die Sachen am Nachmittag im Hof trocknen, wenn es nicht regnete. Aus dem Büro war ein Bügelzimmer geworden, mit Stauraum für Sachen, die im Keller unbequem zu erreichen wären.

Nun, da das Wohnzimmer fertig war, hatten Hans und Elisabeth eine Abendeinladung ausgesprochen. Es war Elisabeths erste Einladung für Gäste in ihrem ganzen Leben. Am Nachmittag begannen die Vorbereitungen. Hans und Max rückten Sofa, Sessel und Stühle zurecht, während Elisabeth die kalte Ente ansetzte. Max durfte Aschenbecher und Schälchen für Salzstangen und so weiter auf die Beistelltischchen verteilen. Zuletzt machte Elisabeth sich hübsch, während Hans noch einmal das Zimmer und den Flur durchsaugte.

Dann kamen die ersten Gäste, die Hermanns von gegenüber auf derselben Etage, kurz darauf Hans' Schwester

Hete mit ihrem Mann Reinhard, den sie erst vor einem Jahr geheiratet hatte. Das war eine delikate Geschichte. Hete, ein Jahr älter als Hans, war Ende der zwanziger Jahre als Kindermädchen zur Familie Tüshaus gekommen. Frau Tüshaus, eine Jüdin, war bekannt mit Frau Petersen, einer Halbjüdin und verheiratet mit Reinhard Petersen, dem Direktor eines Duisburger Stahlwerks. Mitte der dreißiger Jahre wechselte Hete in dessen Haushalt, als Kindermädchen für den sechsjährigen Sohn Jürgen, war jedoch bald zu einer Art Hausdame geworden. Kennengelernt hatte Elisabeth ihre Schwägerin bei deren Besuch in Wien anläßlich der Geburt von Max. Zufällig war Direktor Petersen geschäftlich ebenfalls in Wien, und so übernachteten beide bei Hans und Elisabeth. Am nächsten Morgen beobachtete Elisabeth, die zeitig aufgestanden war, um das Frühstück vorzubereiten, wie ihre Schwägerin aus dem von Herrn Direktor Petersen bewohnten Gästezimmer in Max' Zimmer schlüpfte, wo die Couch für sie vorbereitet war. Im Februar vor Kriegende – sie war kraft der Protektion ihres einflußreichen Mannes unbehelligt geblieben – verweigerte Frau Petersen bei einem Bombenalarm den Gang in den Keller und blieb oben im Wohnzimmer. Durch einen Volltreffer, der den linken Flügel der Villa im Ruhrtal bei Essen zerstörte, kam sie zu Tode. Wußte sie von der Affäre ihres Mannes und war lebensmüde? Hans, der von seiner Schwester durch einen letzten Brief vor der Einkesselung des Ruhrgebietes von dem Ereignis erfuhr, erzählte Elisabeth jedenfalls nur das Nötigste, als er sie vor seiner Einberufung besuchte, und hatte das Blatt vernichtet. Direktor Petersen wurde als wichtige Persönlichkeit der deutschen Rüstungsindustrie

von den Engländern interniert, kam aber nach einem
Jahr wieder frei, weil er wegen seiner halbjüdischen Frau
als Nicht-Nazi gelten konnte. Nach einer Anstandsfrist
heiratete er seine heimliche Geliebte, die während seiner
Abwesenheit die umsichtige Verwalterin seines Hauses
gewesen war und den inzwischen fast erwachsenen Sohn
betreut hatte. Die erste Frau Petersen wurde in Elisabeths
Gegenwart seither nie mehr erwähnt. Nur die dicke Berta,
die Köchin, war ein stiller Vorwurf aus der alten Zeit, als
es noch die richtige Frau Direktor Petersen gab. Mit Elisabeths Schwager und Schwägerin kam Gerhard Vossen,
im Stahlgeschäft tätig, ein Freund von Reinhard, den
Elisabeth überhaupt erst einmal gesehen hatte. Er trat ge-
sellschaftlich immer alleine auf, seine Frau hatte MS. Max
war begeistert, als Onkel Hermann ihm fünf Mark für die
Spardose gab, mehr als er in einem Monat als Sonntagsgeld
bekam. Und dann stellte Reinhard die Károlyis vor, er
ein österreichischer Freund aus der Vorkriegszeit, die zu
Besuch waren und schlecht allein zurückgelassen werden
konnten. Das Ehepaar, schon älter, lebte seit dem Anschluß
in den Vereinigten Staaten, in Chicago, in einem Hotel. Das
hatte Elisabeth noch nie gehört: im Hotel, nicht auf einer
Reise oder in den Ferien, sondern immer! Sie waren aus
Ungarn ausgewandert und lebten in einer Suite in einem
riesigen Hotel mit tausend Zimmern. Zuletzt kamen Leo
und Ada Querling, die es nach Hochdahl, östlich von
Düsseldorf, verschlagen hatte. Ihr Schicksal war grausam.
Sie hatten in den letzten Monaten des Krieges ihre beiden
noch ganz jungen Söhne verloren. Der eine war seit dem
Zusammenbruch der Front in Rumänien vermißt, der
andere fiel in der Schlacht um die Seelower Höhen. Hans

kannte Herrn Querling beruflich. Er, etwas älter als Hans, war in leitender Funktion beim Bankhaus Trinkaus an der Königsallee tätig, wo demnächst eine Küche einzurichten sein würde. Man war sich persönlich angenehm gewesen, sagte Hans zu Elisabeth, als sie die Einladungen schrieben, und Leo – die Männer duzten sich seit kurzem – würde die Bekanntschaft mit Direktor Petersen sicher zu schätzen wissen. Und übrigens auch umgekehrt, denn Reinhard und Hete überlegten, nach Düsseldorf zu ziehen und die halbzerstörte Villa in Essen samt Erinnerungen hinter sich zu lassen. Reinhard war soeben Generaldirektor der Niederrheinischen Hütte in Duisburg geworden, und die war zum Beispiel vom Norden Düsseldorfs mit dem Auto – und Chauffeur – in einer halben Stunde gut zu erreichen. Nun brachte Elisabeth Max zu Bett.

* * *

Zu Weihnachten bekam Max einen Taschenkalender für das neue Jahr geschenkt, mit schwarzem Ledereinband, und oben rechts stand mit goldenen Ziffern: 1950. Eine Woche hatte eine Doppelseite, und die Sonntage waren rot gedruckt. 1950 – was für eine schöne Zahl, rund aber nicht zu glatt! Von nun an würde Max sich des Gangs der Jahre durch sein Leben hindurch bewußt sein, Jahr für Jahr eine höhere Zahl. Und wunderbarerweise begann seine Zählung mit einem Heiligen Jahr, dem Jahr seiner Erstkommunion und seines zehnten Geburtstags. Im Heiligen Jahr ging ein Tor auf, hörte er, und im Kommunionsunterricht lernte man, daß das Leben eine Pilgerreise ist, der Weg zu einem Ziel, der Ankunft im Himmel nach dem Tod. Das Leben war von Gott geschenkt, damit man sich bewähren konnte. Das Leben war eine Bewährungsprobe. Jetzt verstand er auf einmal die Mutter, die am Ende ihrer Telefonate mit der Großmutter, nachdem sie erzählt hatte, was alles noch zu tun war, oft sagte:

– Und dann ist wieder ein Tag geschafft.

Vor allem durfte man nicht im Stande der Todsünde sterben, dann wartete die Hölle. Unkeuschheit war die größte Versuchung. In der ersten Beichte fragte Dechant König:

– Allein oder mit anderen?

Nach der Absolution war einem dann so leicht zumute. Federleicht sprang Max die Treppenstufen des Seiteneingangs der Kirche hinunter auf den Bürgersteig. Als er mit Willi Schüssler über Dechant König sprach, da sagte sein Freund, auch der müsse aufs Klo. Max war erschrocken über die Frechheit, sowas zu denken. Als Geschenk zur Erstkommunion bekam Max einen Füllfederhalter, einen Montblanc, beim Anfassen sanft, aber fest, in edlem Schwarz, mit Goldfeder, die sich leicht spreizte, wenn man sie aufs Papier drückte, und heraus floß Tinte in sattem Blau. Aber die Sache mit dem Foto. Nach der heiligen Messe, als sie zum ersten Mal die Kommunion empfangen hatten, mußten sich alle Kinder zu einem Gruppenfoto aufstellen. Max wußte, jetzt mußte man ernst, aber glücklich kucken. Er wollte aber keine Erwartungen erfüllen und streckte im Zwiespalt der Gefühle die Zunge heraus. Als er das von den Eltern vorbestellte Foto in der Drogerie am Barbarossaplatz abholte, fragte der Mann drohend, wer das sei, der das ganze Bild verdorben habe, ob er den kenne. Gottseidank erkannte der Mann nicht, daß er das war.

Am Anfang des Jahres mußte Max an die Aufnahmeprüfung zum Gymnasium denken. Man konnte sich beim Einschlafen beruhigen, daß es noch ein paar Wochen hin war, aber der Tag würde kommen, so daß man sich vorstellen konnte, er sei schon da. Alles, was man fürchtete, kam irgendwann. Schon bei der Volksschule war das so gewesen. Der Tag der Einschulung kam. Die Mutter mußte ihn zu Hause von allen Dingen losreißen, an die er sich klammerte, zuletzt von der Türklinke, und ihn zur Schule ziehen. Im ersten Zeugnis hatte er überall „ausreichend", außer im Singen, da war es eine Fünf, denn er hatte sich geweigert vorzusingen. Er konnte nicht sagen, warum, aber man mußte einen Grund angeben. Da sagte er, er könnte nicht singen, er wüßte kein Lied. Die Mutter sagte bei solchen Sachen immer, er sei verstockt. Im zweiten Halbjahr hatte er Keuchhusten und mußte wochenlang fehlen. Da gab ihn der Vater zur Lehrerin in die Nachhilfe, und dann war das Zeugnis besser. Fräulein Tenner bekam Geld, da konnte Max hinterher nicht so schlecht sein wie vorher. Das sagte der Vater.

Die schriftliche Prüfung hatte Max bestanden, denn er kam ins Mündliche. Max hoffte auf irgendetwas, damit dieser Kelch an ihm vorüberginge, aber der Vater wollte, daß er zum Gymnasium sollte. Wenn er die Möglichkeit gehabt hätte, sagte er, wäre er heute wahrscheinlich Direktor. Zukünftig würde jemand ohne Abitur vielleicht nicht einmal in seine Position jetzt kommen. Also kam Max ins Mündliche. Es kam jeden Tag näher. Dann saß er mit vierzig Jungen im Klassenraum der Sexta. Sie wurden in Rechnen geprüft, einer nach dem anderen in der Reihenfolge, wie sie zufällig saßen. Max saß beim letzten

Drittel, langsam kam die Prüfung näher. Auf einmal kam der Direktor herein, Herr Direktor Wittmann. Er wollte sich kurz ein Bild machen von den zukünftigen Schülern seines Gymnasiums. Jetzt war Max bald dran. Man mußte dann aufstehen und malnehmen, abziehen und so weiter, was der Lehrer verlangte. Der Direktor würde ihm zuhören. Max bekam kaum Luft. Aber als er dran war, konnte er es doch. So kam er aufs Gymnasium.

* * *

Zehn Jahre später, im zweiten Studiensemester, als er Claudia, seiner Freundin, seiner ersten Freundin, von sich erzählte, dachte Max, daß sein Gang durchs Gymnasium, grob gesprochen, einen ähnlichen Verlauf genommen hatte wie in der Volksschule: Von einem ängstlichen Beginn zu einem passablen Abschluß. Im Abitur war es wieder eine mündliche Prüfung in Mathematik, der er mit Schrecken entgegenblickte, und die er dann im Moment der Entscheidung wie in Trance bestand. Das kam so. Er hatte sich mit Hilfe seines Banknachbarn durch die letzten Jahre mit Differential- und Integralrechnung geschleppt, wobei er diesem Karl-Heinz zum Ausgleich bei den Englisch- und Französisch-Arbeiten beistand. In den schriftlichen Mathe-Arbeiten gab es immer vier Aufgaben: eine leichte, eine mittelschwere, eine schwere für die Einserkandidaten und eine Textaufgabe. Die leichte konnte er, bei der Textaufgabe kriegte er Teillösungen hin, und bei der mittelschweren schob ihm Karl-Heinz Ansatz und Lösung herüber. Das langte für eine Vier. Blöderweise war dessen Lösung diesmal falsch, und Max, der mit „ausreichend" vorzensiert war, jetzt aber eine Fünf schrieb, mußte ins Mündliche. Die drei Wochen bis zum Mündlichen vergingen Tag für Tag. Dann war der Schreckenstermin gekommen, und er bekam als Aufgabe die Bestimmung des Rauminhalts einer Ellipse, die sich um die y-Achse drehte. Dafür mußte man integrieren, aber er wußte, er konnte nicht integrieren, hatte das nie richtig verstanden. Vielleicht war das der Fehler, da etwas „verstehen" zu wollen, statt einfach mechanisch die Technik anzuwenden? Im Nebenraum des Prüfungssaales, in dem das ganze Lehrerkollegium versammelt war, um den mündlichen Prüfungen beizuwohnen, saß Max nun also die qualvollen zwanzig Minuten der Vorbereitungszeit und erwartete das Debakel. In zunehmender Unruhe probierte er dies und das, aber stets kamen so krumme Zahlen heraus, daß die klarerweise nicht stimmen konnten. Endlich rief ihn sein Mathematiklehrer in den Prüfungsraum, wo er seine Rechnung an die Tafel schreiben sollte. Kaum hatte Max begonnen, da rief Herr Körner:

– Aber jetzt müssen Sie doch integrieren!

Und Max sagte:

– Ja, und schrieb etwas und rechnete, und es kam 15 heraus, und sein Lehrer sagte:

– Na bitte, Sie können es ja.

Und Max kriegte eine Drei, auf dem Zeugnis also eine Vier, und bestand das Abitur. Als er den Eltern zu Hause berichtete, merkte er, daß er wieder vergessen hatte, wie man integriert.

– Wo aber Gefahr ist, wächst das Rettende auch, sagte Claudia.

Was war das? War das Ironie? Wenn er so von sich erzählte, wirkte sie oft wie ironisch. Oder genervt? Max dachte dann, er sollte vielleicht aufhören, aber er hatte so viel zu erzählen.

– Nicht immer, antwortete er. Nicht jedenfalls, als ich sitzenblieb.

Latein und Chemie, das ging in Ordnung, aber man wollte offenbar dem jahrelangen Hängen und Würgen mit Blauen Briefen und Dann-doch-Versetzungen ein Ende machen und gab noch Fünfen in Französisch und Geographie, und das war ungerecht.

Gleich der Anfang von Latein war deprimierend gewesen. Max' Deutsch- und Lateinlehrer, wegen einer Kriegsverletzung mit einer Silberplatte in der Stirn, hatte oft rasende Kopfschmerzen und war dann launisch und unberechenbar. An guten Tagen war er anbiedernd, was Max abstieß.

– Macht die hinteren Löcher auf! rief Herr Bumiller, wenn gelüftet werden sollte. Und einige, vor allem in den vorderen Bankreihen, lachten dann – selbst wieder anbiedernd, fand Max mit einem Gefühl starken Widerwillens. Die Lateinarbeiten, eine halbe Seite lange Übersetzungen ins Lateinische, waren mit roter Tinte übersät, wenn er sie zurückbekam.

– Obwohl es wirklich ganz leicht war, sagte Max, „Rana clamat" oder „agricola arat". Ich versteh' es heute nicht, aber in jedem Satz war ein Fehler.

Bei null Fehlern gab es eine Eins, bei einem Fehler eine Zwei und so weiter. Manchmal hatte Max eine Sechs, sah, wenn er die Arbeit zurückbekam, mit einem Blick unten das lange Wort in roter Tinte: „Ungenügend." Einmal, als Max versteinert auf die roten Korrekturen blickte, sagte sein Banknachbar Jost Landmann:

– Du kannst doch nicht machen, was will ich, und der absurde Satz tröstete seltsamerweise ein wenig.

Jahre später, nachdem Max sitzengeblieben war und in der neuen Klasse einen strengen, furchteinflößenden Lateinlehrer bekommen hatte, rettete er sich auf ähnliche Weise wie im Abitur in Mathematik. Auf eine Frage, mit der Dr. Sartorius den neu in die Klasse gekommenen Sitzenbleiber testen wollte, stieß Max, ohne zu wissen, was er sagte, vier Wörter hervor:

– Final, kausal, konzessiv.

– Das vierte habe ich vergessen, sagte Max zu Claudia.

– Nun, jetzt geht es ja offenbar aufwärts, sagte Dr. Sartorius.

– Ich glaube, sagte Max, es ging um „ut beim Konjunktiv".

Zusätzlich half ihm sein Vater. Er ging persönlich zum Elternsprechtag im neuen Schuljahr und sagte zu Dr. Sartorius:

– Max möchte nach der Katastrophe des letzten Schuljahres unbedingt das Gymnasium erfolgreich beenden. Da habe ich schon einmal daran gedacht, er solle das Klavierspiel aufgeben. Das macht ihm zwar viel Freude, kostet aber viel Zeit.

Hans Becker wußte von Max, daß Dr. Sartorius vorzüglich Klavier spielte. Erwartungsgemäß antwortete der:

– Ah, auf keinen Fall! Lassen Sie ihm diese Freude.

Und Max' Stellung war gefestigt.

In Englisch war es ähnlich. Seine Eltern hatten in die erste moderne, lebende Fremdsprache große Hoffnungen gesetzt, was seine Noten anging. Latein war eben eine tote Sprache und schwer. Max' Mutter hatte mit seiner Versetzung in die Quarta begonnen, an einer Sprachenschule in der Stadt Englisch zu lernen. Angesichts der politischen, wirtschaftlichen und militärischen Westbindung der Bundesrepublik Deutschland konnte Englisch nur nützlich sein.

Es war eine Zeit beruhigender Entwicklungen. Erst starb Stalin. Max erzählte Claudia, daß er sich noch genau an die Titelzeile der *Bildzeitung* erinnerte, die im Schaufenster der Schreibwarenhandlung aushing: „Stalin tot" in ganz fetten schwarzen Lettern. Dann kam das Ende des Koreakrieges, die Abwehr kommunistischer Expansionsbestrebungen, und der große Sieg Adenauers bei der Bundestagswahl, den die Eltern mit großer Befriedigung begrüßten. Ein gutbürgerliches, katholisches Milieu entstand, in Oberkassel, in Düsseldorf, im Rheinland. Max' Mutter sehnte sich nach den Schrecken des Krieges und den Entbehrungen der ersten Nachkriegszeit nach ein wenig Luxus, nach eleganter Kleidung und schönem Schmuck für besondere Gelegenheiten, etwa für glanzvolle Bälle, zu denen sie und Hans vom Schwager Reinhard mitgenommen wurden, zum Beispiel in den Industrieclub – natürlich auf Wunsch von Hete, die ihren Bruder liebte und fördern wollte. Mehrmals im Lauf der Jahre hörte Max die Geschichte, wie seine Mutter bei einem solchen Fest einmal vom Regierungspräsidenten Baurichter zum Tanz gebeten wurde und dabei eine sehr gute Figur machte, wie der Vater bestätigte. Man wollte an die Jahre vor dem Krieg und Nationalsozialismus anknüpfen.

Wie seine Libeth war auch Hans Becker dabei, seinen Weg in die Gesellschaft der Aufbaujahre zu machen, nur eine soziale Stufe niedriger als die Petersens. Er war durch und durch Geschäftsmann. Das setzte ihm, dachte Max, als er Claudia seine Eltern beschrieb, gewisse philosophische Grenzen, hatte ihn andererseits immun gemacht gegen Kriegsbegeisterung und die Idee soldatischen Heldentums. Als Selfmademan hatte er früher Beamte, überhaupt bürgerliche Biedermänner, geringgeschätzt. Jetzt sagte er, als ihm der Kohlenhändler Rayermann die Aufnahme in den Kegelclub anbot, dessen Baas er war, gerne zu, obwohl die meisten der zehn oder zwölf Mitglieder Studienräte und Oberkasseler Honoratioren waren. Zwar lästerte er zu Hause anfangs ab und zu noch über den jovial-gemütlichen Deutsch- und Geschichtslehrer Meyer oder den staubtrockenen Pädagogen Henlein, der an Max' Gymnasium Griechisch und Latein unterrichtete, aber bald ging er mit zufriedener Selbstverständlichkeit zu den monatlichen Kegelabenden im Belsenhof.

Max erzählte von einer der ersten Englischarbeiten. Darin war das Wort „Lehrer" zu übersetzen. Das hatten sie doch noch gar nicht gehabt! Aber als er hinterher fragte, wußten die anderen, daß es „teacher" heißt. Max war konsterniert, er hatte das offenbar total verpaßt. Und so war es oft. Dann, einige Jahre später, war er in Englisch in der Klasse eine Autorität. Als der Musiklehrer Dr. Esser einmal die Form eines Musikstücks erklärte und dabei aus dem Beiblatt seiner amerikanischen Taschenpartitur zitierte und das Wort „ternary" nicht kannte, schaute er natürlich Max an.

– A-b-a, sagte Max.

Als er das Claudia erzählte, erinnerte er sich an das Gefühl dabei: Hochmut, der zu erklären verschmähte, daß das Wort von Lateinisch „ter" kam und „aus drei Teilen bestehend" bedeutete. Aber dann erinnerte er sich

auch an eine Peinlichkeit. Dr. Esser war ein durchgei-
stigt wirkender weißhaariger alter Herr, der inbrünstig
über die kühnen Anfangstakte von Beethovens 1., 2. und
vor allem 3. Symphonie sprach, aber irgendwann einmal
auch Jazz durchnehmen mußte. Als er die Klasse fragte,
was sie von dieser Musik hielt, sagte Max, angesichts der
Kompositionsmethode der Improvisation, also von Au-
genblickseinfällen, könne sie nie die Qualität klassischer
Musik haben. Dr. Esser war hocherfreut, schrieb sich etwas
in sein Notizbüchlein, und seither hatte Max eine Eins in
Musik. War er doch mehr ein Streber als er gedacht hatte?
dachte Max. Denn er hatte natürlich genau gewußt, war er
tat. Das war das Schuljahr, in dem sie Poes „The Tell-Tale
Heart" lasen. Während die anderen sich mit den Vokabeln
herumschlugen, war Max tief ergriffen von Poes Kunst,
etwas darzustellen, indem das Gegenteil verneint wird.
Da versucht einer, mit pathologischer Cleverness etwas
zu verbergen und enthüllt es dadurch!

– Ängstlichkeit und Hochmut bedingen sich bei dir,
sagte Claudia.

– Vor allem blieb ich lange Zeit unter meinen Möglichkeiten.

Und Max erzählte von seinem Klavierspiel. Seine Eltern
gaben ihn 1953 zu einem jungen Klavierlehrer in die Kla-
vierstunde. Einige Jahre – bis kurz vor dem Abitur – lernte
er nun bei Herrn Recke und brachte es zu schülerhaftem
Vortrag von Kuhlau- und Clementi-Sonaten, von Mozarts
„Sonata facile" oder Beethovens op. 49. Der arme Herr
Recke, der sich damals als junger Absolvent des Konser-
vatoriums an der Luegallee selbständig gemacht hatte, auf
das Geld angewiesen war und sich einmal in der Woche

mit einem technisch unbegabten, psychologisch unfreien Jungen abplagen mußte. Charakteristischerweise konnte Max nicht improvisieren und phantasieren, klebte am Notenblatt, konnte Themen nicht von Überleitungspassagen unterscheiden, kam nicht auf die Idee, sich über Logik des Aufbaus einer Komposition Gedanken zu machen. Wie peinlich, als er bei einem Vorspielabend für die Schüler-Eltern seinen früheren Freund aus Volksschultagen, Willi Schüssler, wiedertraf, der die Aufnahmeprüfung zum Gymnasium nicht bestanden hatte, und den er deswegen aus den Augen verloren hatte, wie er den dann locker und lässig Jazz-Improvisationen spielen hörte, während er angstvoll auf seinen Auftritt mit dem ersten Satz der leichten C-Dur-Sonate von Haydn wartete.

– Warum eigentlich? fragte Claudia.

Gute Frage. Die Lehrer, die Schule? Aber zum 50. Geburtstag der Schule hatte es vor einigen Jahren eine Art Festschrift gegeben, für die viele seiner Lehrer Beiträge geschrieben hatten, und als er die jetzt aus dem Regal nahm, mußte er denken, daß die eigentlich klug und liberal waren, gerade auch in der Auseinandersetzung mit der Zeit des Nationalsozialismus. Bei seinem Englisch- und Französischlehrer fiel ihm dessen Begeisterung für Camus ein. Oft erwähnte Herr Hoffmann die *Lettres à un ami allemand* und ließ die Klasse ahnen, daß er dieser Freund gewesen sei. Aber bald wurde Max klar, daß das zeitlich nicht paßte, denn als Camus die Briefe 1944 schrieb, war Herr Hoffmann 20 oder 21 und befand sich in amerikanischer Gefangenschaft in den USA. Welch rührende Sehnsüchte!

– Vielleicht dein Vater?

Aber den kannte sie doch gar nicht. Das war ihre unangenehme psychologisierende Art. Seine Hobbies Astronomie und Schach hatte sie typisch eigenbrötlerisch gefunden und ins Zwielicht gezogen. Tatsächlich wußte er in Astronomie mehr als der Geographielehrer, als das im Unterricht Thema war. Arthur Krauses *Himmelskunde für Jedermann* kannte er auswendig. Alle Daten des Sonnensystems, Entfernungen, Durchmesser, Dichte, Albedo, Umlaufzeiten. Er verfolgte die Anfänge der Astrophysik, die Auswertung der Ergebnisse der Arbeit des Radioteleskops in der Eifel. Er baute sich aus Teilen, die man bei der Firma „Kosmos" bestellen konnte, ein Fernrohr, 1,5 m lang, 10 cm Durchmesser, dreißigfache Vergrößerung. Sich vorzustellen, daß irgendwann einmal alles vernichtet sein würde, wenn die Sonne ihren Heliumvorrat verbraucht hatte und bis über die Bahn des Mars hinaus expandierte, die Erde also verschlingen würde. Alles war letztlich vergeblich, auch Shakespeare oder Einstein, als wären sie nie gewesen.

– In wieviel Milliarden Jahren? fragte Claudia.

Das war natürlich keine Frage. Da hatte Max vorher gerade von seinem wichtigsten Schachspiel erzählt.

In Unterprima waren sie auf Klassenfahrt in Marburg gewesen, hatten Vorlesungen an der Universität gehört, sollten erleben, was sie nach dem Abitur erwartete. Der Mathematik- und Physiklehrer, gleichzeitig der Klassenlehrer, begleitete sie auf der Fahrt. Er hörte, daß Max ordentlich Schach spielte und forderte ihn zu einer Partie. Max sollte Weiß haben. Bald drehte sich alles um die Frage, ob es ihm gelingen würde, den Bauern auf dem a-Feld in eine Dame umzuwandeln. Jetzt waren Herr

Körner und Max von der halben Klasse umlagert. Das Endspiel dauerte zwei Stunden. Der verbiesterte Schüler und der immer ironisch-überlegene Lehrer. Alle halbe Stunde, alle paar Züge, rückte der Bauer ein Feld vor. Herr Körner gab auf.

– Der Triumph des Verkannten, sagte Claudia.

Vielleicht hatte sie recht mit der Frage nach dem Vater. Es stimmte, in der Gegenwart des Vaters war Max oft unter seinen Möglichkeiten geblieben, zum Beispiel beim Autofahren, wenn der daneben saß. Als Max 16 war, zeigte ihm der Vater eines Abends den Ausstellungsraum. Die Büros waren schon dunkel, aber der Ausstellungsraum mit den Schaufenstern zur Straße war hell erleuchtet. Verchromte Kippbratpfannen glänzten, riesige Aluminiumtöpfe zum Kochen von Kartoffeln mit Einlegeböden wie Siebe, damit die Lagen der Kartoffeln sich nicht zerdrückten, meterlange Elektroherde, Warmhaltebecken.

– Wenn du hier einsteigst, sagte der Vater, was könnten wir Geld verdienen!

Aber instinktiv wußte Max, daß er das nicht wollte, und so wählte er Geschichte und Geographie statt einer kaufmännischen Lehre oder Betriebswirtschaft. Auch die Opernbesuche führten weit weg von der Welt der Eltern. 1,90 kosteten die billigsten Plätze im 3. Rang. Alberto Erede war Chefdirigent, Jean-Pierre Ponnelle der Ausstatter. Manchmal kam man da oben hinter eine Säule zu sitzen und sah nichts, aber man hörte Martha Mödel und Hans Hotter.

– Und was haben deine Eltern zu alledem gesagt? fragte Claudia.

– Eigentlich nichts, ich wundere mich selbst.

Manches erzählte Max lieber nicht. Das verstand Claudia nicht. Schon so war sie einmal aufgestanden und ohne Zärtlichkeit gegangen. Er dachte daran, wie er einmal die Tapete seines Zimmers schwarz überstreichen wollte. Als Kompromiß handelte ihm sein Vater ab, daß er zwei Tücher neben der Tür überkreuz an die Wand nagelte, das eine in schwarze Tusche gefärbt, das andere in rote Tinte. Weder Vater noch Mutter fragte, was das bedeuten sollte. Gottseidank. Eine Zeitlang wollte Max Mönch werden, natürlich Jesuit, und das erschreckte seinen Vater dann doch, erledigte sich aber bald von selbst.

Auch von den Fahrradtouren erzählte Max nichts, obwohl er oft an sie dachte und die Strecken in Gedanken noch Kilometer für Kilometer abfahren konnte. Das konnte wieder eigenbrötlerisch wirken. Machte er sich Claudias Sicht auf ihn schon halb zu eigen? Von Düsseldorf über Ostende und Dover nach London und weiter nach Shrewsbury, dann zurück durch Wales, von Chepstow mit der Fähre über den River Severn, breit wie ein Meeresarm, dann die Südküste Englands entlang. Mit starkem Westwind im Rücken sauste er im T-Shirt und in kurzer Hose durch Brighton, wo die Spaziergänger auf der Seepromenade, warm eingepackt, ungläubig schauten. Er ganz allein, denn niemand wollte solche Gewalttouren mitmachen, und außerdem fühlte er sich für sich sowieso am wohlsten.

Am nächsten Abend lag Max auf dem Bett und las im neuen Vorlesungsverzeichnis für das Sommersemester. Als es klopfte und er die Zimmertür öffnete, stand Claudia im Gang. Fast beschlich ihn ein ungutes Gefühl. Sie hatten sich erst für morgen abend verabredet. Noch in der Tür sagte sie:

– Ich verlasse dich.

Ihre Stimme war rauh, fast unnatürlich. Max erkannte, noch während sie sprach, daß sie den Satz sofort hatte loswerden wollen. Mir verschlägt es den Atem, dachte er. Er zog sie ins Zimmer.

– Du liebst mich nicht.

Max wollte protestieren.

– Nein, laß', du kannst gar nicht lieben.

– Aber wir sind doch erst einen Monat zusammen.

– Max, mach's gut, leb' wohl.

– Ich kann lernen.

– Nein, so geht das nicht.

Sie drehte sich um und ging hinaus auf den Gang. Sie hatte sich schon vorher festgelegt. Max sank aufs Bett. Alles Blut war aus Armen und Beinen geströmt. So ist es, wenn man verlassen wird.

Später packte er ein paar Sachen zusammen. Am nächsten Morgen wollte er den ersten D-Zug nach Düsseldorf nehmen und über das Wochenende zu den Eltern fahren.

* * *

Zwischen dem schriftlichen und dem mündlichen Abitur begann Max ernsthaft zu überlegen, was er studieren wollte. Vom Wehrdienst war er per Losverfahren befreit worden. Sein 1940er-Jahrgang war der stärkste des Jahrhunderts, und es gab gar nicht genug Plätze in den Kasernen. Er war der erste sowohl von den Beckers als auch von den Schäfers, der über die Volksschule hinausgelangt war, und hatte keinerlei Vorstellung von Studium und Universität. Er wußte nur, daß er noch nicht in ein Berufsleben eintreten wollte; da war ein Studium der erwünschte Aufschub der Entscheidung, was er im Leben eigentlich erreichen wollte. Vielleicht Geschichte und Geographie? Zur Geographie war die Astronomie eine Art Brücke. Das Speichern von Daten war Max' Spezialität. Einmal gelesen, und er wußte die Hauptstädte aller Länder der Erde, die Quadratkilometer der Erdteile, großen Inseln und meisten Staaten, die Länge der längsten Flüsse, die Höhe der höchsten Berge auf allen Kontinenten. Das war die Fortsetzung des Interesses am Sonnensystem, an der Milchstraße, am Universum. Und was Geschichte anging, so hatte er alles von Stefan Zweig gelesen, die Biographien von Magellan, Fouché, Marie Antoinette, Maria Stuart, die *Sternstunden der Menschheit*, *Die Welt von gestern*, kannte das Zeitalter der Entdeckungen, die Französische Revolution, die untergegangene Welt seiner Heimatstadt Wien. Also Geschichte und Geographie mit dem Ziel des Staatsexamens für Höhere Schulen. Obwohl, das war noch weit entfernt, eigentlich außer Sicht.

Was seine Schulklasse betraf, so gehörte Max zu einer Clique von sechs oder sieben Schülern. Tatsächlich war er nur eine Randfigur. Die anderen wußten schon genau, was sie konnten und wollten. Einer wollte zum Film, und da das Abitur wegen einer Sechs als Vorzensur in Mathematik außer Reichweite war, verließ er die Schule ohne Abschied; der wußte genau, was er wollte und war charismatisch. Er hatte dann an Max Ernst geschrieben und war für paar Monate dessen Sekretär geworden, hieß es. Ein anderer war elegant und hatte schon eine Freundin, vielleicht sogar Geliebte. Einer wußte bereits seit Jahren, daß er Philosoph werden wollte und hatte seit der Unterprima bei Dr. Sartorius Spezialunterricht in Griechisch; sie lasen zusammen Platon. Er würde nach Heidelberg gehen, denn da war Gadamer, und der hatte gerade mit *Wahrheit und Methode* Aufsehen erregt, war sogar ein Schüler von Heidegger. Zwei wollten Medizin studieren, der eine Zahnmedizin in Münster, der andere Psychiatrie in Würzburg. Der sprach oft davon, daß Gottfried Benn unbedingt den Nobelpreis hätte bekommen müssen. Und schließlich wollte einer nach Bonn, denn da war eine der besten Archäologien in Deutschland. Alles das betraf Max nicht. Er las heimlich noch Karl May und war tief berührt von der Mischung aus Minderwertigkeitsgefühlen des Mannes und Allmachtsphantasien des Autors als sein eigener Held. Aber das konnte man im Kreis der Freunde nicht zugeben, das hätte einen disqualifiziert.

Max' Mutter schlug Göttingen vor. Als Kind war sie auf einer Art Wallfahrt nach Duderstadt einmal durch Göttingen gekommen, und später hatte sie mit einer Freundin die Stadt besucht. Der Gänselieselbrunnen war ihr in Erinnerung geblieben. Und die Zugfahrt. Jemand mußte einen von D. aus mit dem Auto zum Bahnhof A. mitnehmen, und von dort ging es mit dem Zug über Bad Dr., Ottbergen, Beverungen und Uslar nach Göttingen. Die Strecke war eingleisig und führte durch Wiesen und Wälder, vorbei an Dörfern und unbeschrankten Bahn-übergängen, vor denen an der Strecke Schilder standen mit den Buchstaben LP: Läuten, Pfeifen! Der Rauch und Wasserdampf der stampfenden Lokomotive drangen durch die einen Spalt breit geöffneten Fenster.

Die Mutter wollte Max begleiten. Wenn er in Göttingen studierte, rückte ihre Heimat wieder stärker ins Blickfeld!

Mit 40 hatte sie noch den Führerschein gemacht und einen VW-Käfer bekommen. An seinen Mercedes 170 ließ Hans seine Frau nicht gerne und seinen Max möglichst gar nicht, denn der Wagen war für seine Berufstätigkeit existentiell. So hatte weder Libeth noch Max vor der Fahrprüfung je mit dem Mercedes üben können, weil Hans' Führerschein niemals, niemals in Gefahr geraten durfte. Dieser alte VW war gerade durch einen neuen ersetzt worden und konnte auf einer solchen Reise eingefahren werden.

Nach einem Augenblick der Verblüffung fand Max die Idee mit Göttingen gar nicht so schlecht. Weil er dort aus der Klasse der einzige wäre, konnte er sich dem Einfluß der Kameraden entziehen und für sich sein, und es wäre auch gerade die richtige Entfernung von den Eltern: zu weit, als daß sie ihn an einem Sonntag nachmittag mal eben besuchen konnten, nicht zu weit, wenn man einmal krank wurde und in ein paar Stunden zu Hause sein wollte.

Also fuhren Mutter und Sohn an einem der nächsten Sonntage nach D. und verbrachten einen langen Abend im Kreis der Familie, Freunde und Nachbarn. Seit dem Begräbnis der Mutter war Elisabeth einige Jahre nicht mehr in ihrem Heimatdorf gewesen. Es hatte sich seither stark verändert. Die Vertriebenen und Ausgebombten der ersten Nachkriegszeit waren wieder fortgezogen, auch einige Einwohner des Ortes selbst, meist ins Ruhrgebiet, nach Dortmund, wo es seit dem späten 19. Jahrhundert eine kleine Gemeinde aus der Gegend gab. Mehrere Bauern hatten begonnen, ihre Höfe aus dem Ortskern auf die umliegenden Felder auszusiedeln, so daß im Dorf Bauland frei geworden war, das man hoffte mit Gewinn an die Stadt oder an Neubürger zu verkaufen, wenn die

Pläne zur Errichtung einer Gesamthochschule am Stadt-rand von P. Wirklichkeit werden sollten, oder wenn das Computerwerk, das Heinz Nixdorf zu errichten begonnen hatte, prosperieren würde.

Nach einem Besuch des Grabes der Mutter fuhr Elisa-beth mit Max am nächsten Morgen durchs Eggegebirge, über die Weser und durch den Solling nach Göttingen. Vom Bahnhofsvorplatz, wo sie den Wagen abstellten, spazierten sie an der berühmten Universitätsbibliothek vorbei – hier war einst ein neues Katalogsystem entwickelt worden, das weltberühmt wurde – in die Stadt, besuchten die Verwal-tungsgebäude, wo man sich als Student einschrieb, die Seminargebäude von Max' prospektiven Fächern und ein Studentenheim, wo Max sich auf eine Warteliste setzen ließ. Nach dem Mittagessen machten sie auf dem Wall einen Spaziergang um die Stadt, tranken Kaffee bei Cron und Lanz, berühmt für seine unvergleichliche Auswahl an Pralinen, und fuhren schließlich nach Duderstadt, wo sie übernachteten. Die Mutter erzählte, daß das Eichsfeld mit Duderstadt als seinem Hauptort sehr katholisch war in evangelischer Diaspora, jetzt ein katholischer Pfahl im atheistischen Fleisch der DDR. Sorgen konnten einem die sowjetischen Truppen machen. 50.000 Panzer zwischen Ural und Westgrenze standen zum Angriff bereit, die NATO hatte nur ein paar Tausend. Die Russen würden versuchen, durch das Fulda Gap in einem Tag bis zur Weser vorzustoßen, wenn es zum Krieg kam. Die Amerikaner hat-ten als einzige Gegenwehr atomare Minen im Grenzgebiet plaziert. Max überlegte: Im Falle eines Falles konnte man versuchen, in drei Stunden bis zur Weser zu gelangen, am besten auf Feldwegen mit dem Fahrrad, denn die Straßen würden von Hunderttausenden von Autos versperrt sein, die vor den Kommunisten zurückfluteten. Vielleicht sollte man sich einen Vorrat an Goldmünzen anlegen, da in dem Fall das Geld nichts mehr wert sein könnte.

Im Sommersemester begann Max sein Studium der Geschichte und Geographie an der Georgia Augusta. Alles war fremd und beängstigend. Er kannte niemanden. Gerade als er sich seinen Stundenplan zusammengestellt hatte – etwa zehn Semesterwochenstunden pro Fach, hieß es, seien üblich –, da las er weiter hinten im Vorlesungsverzeichnis von „Kolloquien" und Veranstaltungen „privatissime et gratis". Solche Kurse hatte er nicht gewählt; war sein Semester dann vielleicht ungültig? Aber er war ein fleißiger Student, hatte kein Telefon, keinen Fernseher, las viel. Bei der Erstkommunion hatte er wegen des Heiligen Jahres neben dem Füllfederhalter noch die zwei Bände *Old Surehand* von Karl May bekommen. Nach dem Mittagessen, zu dem Tante Hete mit Familie gekommen war, und vor dem Kaffee mußte er sich zwei Stunden hinlegen. Statt zu schlafen las er den ersten Band, immerhin 500 Seiten. Da er keine Freundin hatte, las er von nachmittags 5 bis abends 11, nur vom Essen in der Gemeinschaftsküche unterbrochen. Viel Goethe, die Riesenromane von Dostojewski, allein den *Spieler* mehrmals, bis er das schreckliche Ende verstanden und akzeptiert hatte, daß nämlich, als Polina, die der Ich-Erzähler Aleksej lange verzweifelt-leidenschaftlich geliebt hat, die ihn bisher jedoch mit kapriziöser Grausamkeit gequält hat, ihm zuletzt ihre Liebe gesteht, dieser soeben dem Spiel verfallen ist, seiner neuen Leidenschaft, die alle anderen Gefühle verbraucht. Wochenlang studierte er Neefs *Gesicht der Erde*, bis er die 800 Seiten präsent hatte, und dasselbe mit Hartmanns *Geschichtsbuch*.

Das wichtigste Ereignis des ersten Jahres war das Proseminar über Napoleon im zweiten Semester. In den Ferien zuvor bereitete er sich schon vor und las unter anderem von der Begegnung Goethes mit Napoleon in Weimar 1808. So schlug er in der ersten Seminarsitzung, als es um die Vergabe der Themen für Referate ging, dem Dozenten „Napoleon und Goethe" vor. Das geschah ganz naiv, aber Dr. Keller schaute verblüfft von seinen Unterlagen auf, denn das war ihm noch nicht vorgekommen, daß ein Student einen eigenen Vorschlag machte, der nicht auf der Angebotsliste stand und unerwartet interessant klang.

– Wie war noch einmal Ihr Name?

Nach der dritten Sitzung, als Max seinen Vortrag gehalten hatte, lud ihn Dr. Keller zu sich nach Hause ein und erkundigte sich nach seinem Herkommen, seinen Plänen. Max war sehr befangen: mit einem ihm fremden Mann allein zu plaudern war äußerst ungemütlich. Zwischendurch kam Frau Keller mit der kleinen Tochter herein um zu sagen, daß sie nun zum Einkaufen in die Stadt führe. Das entspannte sofort die Situation. Zu dritt – und darunter eine Frau –, das war kein Problem. Zuletzt, als sie schon an der Wohnungstür standen, sagte Dr. Keller:

– Und heiraten Sie nicht zu früh!

Das freilich war eine ganz unnötige Warnung. Max hatte noch nie eine Freundin gehabt. Einmal sprach ihn nach einer Vorlesung eine Studentin an, ob er mit ihr abends auf eine Party gehen wollte. Leider war sie unhübsch, er hatte sie bis dahin gar nicht wahrgenommen, aber vor Überraschung fiel ihm keine Ausrede ein, und er sagte zu. Es war ein heißer Sommertag, er ging ins Freibad, wo er jemanden, den er kannte, beim Schachspiel antraf. Die nächste Partie spielte er, vergaß die Zeit, bekam abends einen starken Sonnenbrand und saß die ganze Nacht mit nacktem Oberkörper aufrecht im Bett. Ob das Mädchen seine Erklärung beim nächsten Treffen glaubte? Es war sehr peinlich. Als er wieder an Dr. Kellers Heiratswarnung dachte, fiel Max ein Wort seines Vaters ein, das er seinerzeit, nach der Rückkehr von einer Parisfahrt, gar nicht verstanden und deshalb vergessen hatte:

– Und laß' dich nie mit einer Hure ein, die vor dir gerettet werden will.

Pause.

– Oder, noch schlimmer, die du gerne retten würdest.

Was hatte seinen Vater zu einem solchen Rat gebracht?

In der vorlesungsfreien Zeit zwischen dem Sommer- und Wintersemester verbrachte Max drei Wochen in einer Summer School der Universität Exeter, für die er sich beworben hatte. Morgens gab es Englisch-Unterricht, nachmittags Ausflüge, zum Beispiel nach Dartmoor, und abends gab es eine Debating Society und ähnliches. Bald lebte er wie in Trance, wie in einer Nebelwolke von Glück, denn da war eine deutsche Studentin, schlank und zart, aber sportlich und braungebrannt, mit kurzen schwarzen Haaren, lebhaft und von vielen umschwärmt. Eines Abends, als sie einen Spaziergang machten, erklärte er ihr die Sterne und den Himmel. Da küßte sie ihn. Aber sie wäre verlobt, sagte sie. Auf dem Rückweg durfte er sie in Brighton besuchen, wo sie einen weiteren Kurs besuchte. Sie machten einen langen Spaziergang nach Rottingdean und zurück, der Küste entlang. Dann mußten sie sich trennen.

Aber nun war Max entschlossen, eine Geliebte zu gewinnen. Das klang etwas unliebenswürdig, dachte er selbst, aber so war es. In der Vorbereitung auf das Napoleon-Seminar hatte Max gelesen, daß Stendhal ein großer Verehrer des jungen Bonaparte gewesen war, und hatte *Le Rouge et le Noir* gekauft. Julien Sorel wurde sein Vorbild. Als ganz junger Mann wird der Hauslehrer in der Familie des M. de Rênal, eines neureichen, ordinären, unsensiblen Provinzlers aus der Franche-Comté. Seine Frau, Mme de Rênal, die Mutter der beiden Kinder, die Julien unterrichten soll, ist schön, sanft, tugendsam und selbst noch jung. Vielleicht 30. Als sie den ihr noch unbekannten Julien an der Haustüre sieht, weiß sie nicht, daß er es ist, den ihr Mann engagiert hat, und fragt: „Que voulez-vous, mon enfant?" In den folgenden Monaten entdecken Julien und Mme de Rênal ihre Seelenverwandschaft. Da entschließt sich der aufstiegshungrige Julien, sie zu besitzen. Eines Nachts dringt er in ihr Schlafzimmer ein – die Eheleute schlafen getrennt –, und nach einigen dramatischen Minuten gibt sie sich ihm hin.

Das traf Max mitten ins Herz. Genauso wäre es für ihn richtig. Die Geliebte müßte älter sein, erfahrener, und würde ihm im Sinne von *De l'amour*, das Max auch gelesen hatte, die Arbeit der „cristallisation" abnehmen. Er wäre der Schüler, sie die Lehrerin.

Nun gab es im Historischen Seminar eine Doktorandin, die als Hilfskraft mit dem Signieren der neu erworbenen Bücher für die Institutsbibliothek betraut war. Da er wegen seines Referats über Goethe und Napoleon viel in der Seminarbücherei gesessen hatte, kannte er sie vom Sehen. Sie war einige Jahre älter, schön, ernsthaft und für ihn natürlich ganz unerreichbar. Oder vielleicht gerade nicht? Eines Abends, als sie beide als die letzten in der Seminarbibliothek übrig geblieben waren, sprach er sie an. Sie schrieb an einer Dissertation über das Bild Spartas im Dritten Reich bei einem der Göttinger Professoren. Der hatte das Kriegstagebuch des Oberkommandos der Wehrmacht geführt und war ein sehr berühmter Mediävist. Als sie von den Thermopylen erzählte, las Max in drei Nächten bis zum nächsten Wiedersehen Herodot. Als sie vom Gegensatz zwischen Sparta und Athen erzählte, las er Thukydides; sie redeten noch, als um 9 Uhr abends der letzte Student die Seminarbibliothek verlassen hatte. Max faßte den Entschluß, sie zu erobern. Indem er sich ihr auslieferte. Er schrieb ihr einen Brief mit dem einen Satz, er müsse sie dringend sprechen und bäte sie, ihn am Freitag um 5 Uhr vor dem Rathaus zu treffen. Kurz vor der letzten Leerung stand er vor dem Briefkasten. Es war ein dunkler, regnerischer Dezemberabend. Er zögerte noch einmal beim Einwerfen. Mit diesem Akt gab er sich in ihre Hand. Während der nächsten zwei Tage konnte er an nicht viel anderes denken. Ob sie kommen würde? Ob sie ihn einer Absage würdigen würde? Um 5 Uhr, wieder war es schon dunkel, stand er am Rathaus. Er hatte sich vorgenommen, den entscheidenden Satz sofort zu sagen. Konversation, wußte er, konnte er vor Aufregung sowieso nicht machen. Da kam sie, in einem dunkelgrünen Mantel. Max sagte:

– Fräulein Stromberg, ich liebe Sie.

Sie sagte nichts, nahm seinen Arm und führte ihn in eine Teestube hundert Meter weiter in der Weender Straße. Da gab es Dutzende von Teesorten und Arten der Zubereitung, vom Tee nach Ostfriesenart bis zu allen möglichen exotischen indischen, chinesischen und japanischen Sorten. Beim Abschied verabredeten sie sich für dieselbe Zeit in einer Woche. Es mußte jedoch ein Geheimnis bleiben, vor allem ihre enge Freundin aus dem Doktorandenkolloquium durfte nichts wissen. Deswegen wollte sie auch nicht in sein Studentenheim kommen. Dann waren Weihnachtsferien. Als sie sich wiedertrafen, und Max sagte, er liebe leider eine Frau, die ihn nur als Eleven nähme, da war Claudia etwas gerührt und erlaubte ihm, daß er zu ihr in die Beethovenstraße kam. Weil dort jedoch Herrenbesuch verboten war, sollte er vor der Hauswirtin so tun, als brächte er Unterlagen aus dem Seminar für die Hilfskraft von Professor Schramm. Er konnte nur eine viertel Stunde bleiben, und draußen im Treppenhaus rumorte Frau Menniken auffällig herum, und Max war gehemmt und nervös, und da sagte Claudia, sie käme ihn morgen besuchen.

Die meisten Bewohner des Studentenheims würden Jahre jünger sein und sie nicht kennen, und wenn doch, dann nicht erkennen, denn sie zog ihre alte Wollmütze mit dem Bommel tief in die Stirn. Es hatte auch geschneit. Max stand in der Küche, im Vorbeigehen zeigte sie an, daß sie gleich in sein Zimmer wollte. Es wäre mehr ein Aufwärmen als Kochen, sagte er. Schüchtern stand ihm gut.

Erst gab es eine Suppe. Also aus der Dose. Dann Filetsteak, mit Erbsen und Möhren, die auch aus der Dose. Dazu einen Chianti Classico. Zuletzt Eis. Aus dem Kühlschrank. Während er abräumte, schaute sie sich seine paar Regalbretter Bücher an. Heute war ihr 25. Tag, da konnte eigentlich nichts passieren. Er hatte bestimmt keine Vorkehrungen getroffen, und sie konnte schlecht Kondome dabeihaben. Wahrscheinlich wagte er gar nicht, sich eine Initiative vorzustellen. Da lag ein Fotoalbum im Regal. Das könnten sie zusammen anschauen, sagte sie, als er aus der Küche zurückkam. Nach einigen Bildern aus der Zeit in Wien kamen schon die Fotos von der Erstkommunion.

– Ein hübscher Junge! sagte Claudia und küßte ihn.

Ja, er war ganz unerfahren. Sie hatte es sich schon halb gedacht. Seit Semesterbeginn hatte er manchmal in dem hinteren Raum des Seminars gesessen, wo sie nach der Systematik der Bibliothek die neu angeschafften Bücher signierte und DIN A 7-Kärtchen für die Kartei vorbereitete. Eine studentische Hilfskraft schrieb dann später mit der Schreibmaschine die Karteikärtchen und mit Tusche die Schildchen für die Buchrücken und stellte die Bände ins Regal ein. Herr Becker saß an einem Tisch und las oder schrieb, und wenn sie zuletzt allein waren, unterhielten sie sich. Vielleicht war er für ein Zweitsemester etwas über-eifrig. Kaum hatte sie ihm etwas über ihre Dissertation erzählt, las er ihre griechischen Texte auf englisch um mitreden zu können. Oder zumindest gute Fragen stellen zu können. Es war manchmal etwas anstrengend. Aber auch einnehmend, denn sonst werkelte man ja immer nur vor sich hin und mußte es aushalten, daß man monatelang keinen Respons bekam, bis der Doktorvater wieder einmal ein Kapitel gelesen hatte. Anders als ein Autoverkäufer oder Schreiner, der abends sah, was er an dem Tag zustande gebracht hatte. Ob er zu Selbstentäußerung fähig wäre? Sie war seit einigen Monaten entlobt. Als sie seinen Brief bekam, wußte sie natürlich sofort, was er bedeutete. Und er mußte wissen, daß sie ahnen würde, was er bedeutete.

Vielleicht wollte er sie so auf den ersten Satz vorbereiten. Und weil die Vorbereitung schriftlich war, mußte er nicht flirten. Was er wahrscheinlich nicht konnte. Daß er dann mit der Tür ins Haus fiel, war sozusagen typisch. Obwohl, vielleicht war sie jetzt zynisch, wegen des letzten Mals. Sein erster Satz war ja ein Öffnen des Visiers. Oder: Er warf vor ihr seinen Schild weg.

Später, als er schon schlief, machte sie es sich selbst. Ja, er mußte noch lernen, Genuß zu bereiten und Genuß zu genießen.

* * *

Kurz vor Ende des Wintersemesters erschien das Vorlesungsverzeichnis des Sommersemesters. Max fehlte noch ein geographisches Proseminar im Grundstudium. Als er die entsprechenden Seiten aufschlug, trat Claudia in sein Zimmer und sagte, sie verlasse ihn. Eine Woche später, nach seiner Rückkehr aus Düsseldorf, las Max weiter und entdeckte das Proseminar über das Nördlinger Ries. Das Ries war ihm von seinen astronomischen Interessen her bekannt, und die angekündigte Voraussetzung der Teilnahme an einer vorhergehenden Exkursion im April empfand er in seiner Lage eher als willkommen denn abschreckend.

Das Nördlinger Ries, im bayerischen Schwaben an der Grenze zu Württemberg gelegen, ist ein von Hügeln umgebenes fast kreisrundes Becken fruchtbaren Ackerlandes von gut 20 Kilometer Durchmesser. Bis vor kurzem wurde es für das Überbleibsel eines vulkanischen Sprengtrichters gehalten. In den letzten Jahren hatte es sich jedoch durch geologische Forschungen, vor allem durch die Auswertung von Bohrungen, als Krater eines Meteoriteneinschlags erwiesen. Das Grundgebirge des Ries' stellt als Teil des Vindelizischen Gebirges die Verbindung zwischen Bayerischem Wald und Schwarzwald her. Das Deckgebirge ist erst vom Mittleren Keuper an bekannt. Im Jura war das Gebiet von Meer bedeckt, dann meist festländisch. Diese lange Zeit ruhiger Entwicklung wurde vor

14,8 Millionen Jahren durch den Einschlag eines Meteoriten unterbrochen. Zwar ist der Meteorit beim Aufprall rückstandslos verdampft, also unauffindbar, was die Theorie des Vulkankraters nahelegte, aber allein die Annahme eines Meteoriteneinschlags vermag die Veränderungen der Gesteine, vor allem im Mikrobereich, zu erklären.

Der etwa 1 km Durchmesser große Stein schlug mit einer Geschwindigkeit von 50.000 bis 100.000 km/h, also mit ca. 20 km/sec, auf die Erdoberfläche. Im Zentrum des Aufschlags entstand ein Druck von 5 bis 10 Millionen Atmosphären, der das Gestein bis auf einige 10.000 ° C erhitzte und die Erdoberfläche bis in eine Tiefe von 2.000 Metern in Mitleidenschaft zog.

Nach der Entstehung des Kraters füllte sich dieser schnell mit Wasser und dann mit jungobermiozänen Seesedimenten, dessen Ablagerungen bis in die Tiefe von 325 Metern unter der jetztzeitlichen Oberfläche reichen. Als sich der Talkessel bis zum Rand gefüllt hatte, lief das Wasser an einigen Stellen des Kraterrandes über, so zum Beispiel in Gestalt der heutigen Wörnitz hin zur Donau. Anhand der aufgefundenen Kalkablagerungen, der Skelette der Seebewohner, kann man auf eine langanhaltene Wassertemperatur von 30 ° C schließen. Schließlich entleerte sich der See, indem der Bach sich weiter einschnitt, zum Flüßchen wurde, sich noch tiefer einschnitt und so weiter.

Hier, sagte Dr. Albers bei der Anmeldung, seien unendliche Möglichkeiten geologischer Forschungen und unzähliger Themen für Doktorarbeiten:

– Es sei denn, sagte Max, nach so vielen Jahren wäre die Zeit für einen neuen Einschlag gekommen.

– Dann sind wir gerade auf der Exkursion besonders sicher. Im Krieg warf man sich bei Beschuß in den neuesten Granattrichter in der Annahme, da sei die Wahrscheinlichkeit eines weiteren Treffers am geringsten.

Der Einschlag traf Max denn auch aus einer unerwarteten Richtung. Während der Exkursion spürte er eines Abends seinen Magen – ein dumpfer Schmerz, den er aus seiner Schulzeit kannte, seither vergessen hatte. Dazu gehörten, wie damals, eine seltsame Saftbildung im Mund und ein Sich-Zusammenziehen um die Wangen herum zu den Schläfen hin. Er wußte sofort, das war wie damals vor drei Jahren. Weil es nicht nachließ, suchte Max bald nach Semesterbeginn einen Arzt auf. Der schickte ihn zu einem Gastroenterologen. Zu einer endoskopischen Untersuchung. Er mußte sich auf einen Stuhl setzen, vor ihm stand der Arzt und wollte ihm einen meterlange fingerdicken schwarzen Schlauch, fast eine Stange, so straff war der, in den Rachen schieben. Der Würgereiz, die Abwehr waren so stark, unüberwindlich, daß ihm der Arzt Kokain in den Schlund gab. Der Arzt schob den Schlauch in ihn hinein, mit beruhigenden Worten, wie weit der Schlauch sich schon befand, Speiseröhre, Magen, Duodenum. Ein grausiges Gefühl, wie aufgespießt, seine Hände wollten zum Schlauch greifen, eine Assistentin hielt sie sanft zurück. Da ging es schon wieder nach oben, und dann war der Schlauch draußen. Der Arzt sagte:

– Ein abgeheiltes Zwölffingerdarmgeschwür, das wieder gereizt ist. In Ihrem Alter!

Auf dem Weg nach Hause überlegte Max, für wieviel Geld er die Prozedur noch einmal durchstehen würde, drei Minuten vielleicht. Für 100.000 Mark? Nein. Nein. Für eine Million?

Zu Hause war er sich aufs Bett. Man war in der Gewalt. Nicht fortkönnen, wenn es begonnen hatte. Früher beim Friseur auf der Luegallee. Der zog den weißen Überwurfkittel am Hals so eng zu, daß man fürchtete zu ersticken. Aber er wagte nicht sich zu beschweren. Alle vier Wochen die Angst, wenn die Mutter ihn zum Friseur schickte. Ein Pferd im Geschirr, mit Kandare im Maul, seinem Herrn ausgeliefert. In einer eisernen Lunge liegen wegen Kinderlähmung, wochenlang oder für immer, nicht sterben können. Die lassen einen nicht sterben. Ganz allein mit sich sein. Man ist sich allein zuviel. Einerseits. Andererseits zu wenig, um sich auszuhalten. Der Bär leckt bei Münchhausen eine mit Honig bestrichene Deichsel in sich hinein, bis die Stange hinten herauskommt. Dann wird vorne und hinten ein Pflock in die Stange getrieben, er ist gefangen. Ein grausiger Scherz. Wenn gleichzeitig zur Magenendoskopie eine Koloskopie gemacht würde. Oder wenn als Folter der Schlauch von oben durch den ganzen Körper getrieben würde, dann die beiden Enden zusammengeknotet. Innere Gefangenschaft. Max wand sich im Bett. Eine Erinnerung von weither. Die Mutter erzählt, wie sie mit ihm wegen Bombenalarm in den Keller geht. Die steile Treppe tief hinab, modriger Geruch, Holzgatter mit

Kartoffeln dahinter. Bei einem Treffer verschüttet werden. Außen an den Häusern, unten bei den Kellerfenstern, weiße Zeichen, für den Fall, daß das Haus getroffen wird, damit die Rettungsmannschaften nach den Verschütteten suchen könnten.

Trotz des erfolgreichen Geographieseminars brachte das Sommersemester Max' Hinwendung zur Geschichte als seinem Hauptfach. Das lag an Dr. Keller, der Max eine Stelle als studentische Hilfskraft verschaffte – abgekürzt „Hiwi" genannt, ein seltsames universitäres Wortrelikt aus nationalsozialistischer Zeit. Gottseidank war sein Arbeitsplatz im Büro seines Chefs, so daß er Claudia nicht treffen mußte. Natürlich mußte er nun Dr. Kellers Proseminar besuchen, obwohl er es nicht belegt hatte. Es handelte über Geoffrey of Monmouth, einen englischen Geschichtsschreiber des Hochmittelalters. Sein bekanntestes Werk war die *Historia Regum Britanniae* von 1139, jahrhundertelang berühmt wegen der Kapitel über König Arthur. Um Geoffrey lesen zu können, besuchte Max eine Einführung ins Vulgärlatein und Mittellatein, wofür es in Göttingen einen Spezialisten gab. Ja, an der Göttinger Universität war 1895 sogar der weltweit erste Lehrstuhl für mittellateinische Philologie eingerichtet worden. Auch den Kurs hatte Max nicht belegt, aber der Dozent nahm ihn gerne auf, denn er hatte nur sechs Hörer. Die *Historia* war der Ausgangspunkt der gesamten Artusliteratur in allen europäischen Sprachen, aber auch epochemachend als Geschichtswerk. Geoffrey berief sich auf eine keltische Quelle für seine Darstellung Arthurs, die jedoch nie jemand gesehen hat und die es sehr wahrscheinlich nicht gab, aber die Erfindung einer Art Gründungsmythos für die späteren englischen – eigentlich ja anglo-normannischen – Könige traf den Nerv der Zeit. In diesem Sinn wollte Dr. Keller das Werk als politischen Traktat verstanden wissen, wie er Max sagte, und diese These sollte im Seminar erprobt werden.

Am Ende des Semesters verstand Max den Zusammenhang. Dr. Keller hatte vor einigen Monaten eine sogenannte Habilitationsschrift bei der Fakultät eingereicht. Nach deren Annahme als Habilitationsleistung war noch ein mündlicher Vortrag gefordert. Als Thema bot er Geoffrey of Monmouth an. Das Seminar war sozusagen der Probelauf gewesen. Eine Habilitationsschrift, lernte Max, war ein zweites Buch, eine zweite Qualifikationsschrift nach der Dissertation, die Voraussetzung dafür, daß man einen Ruf auf eine Professur bekommen konnte. Dr. Keller bekam diesen Ruf sofort; vor der Tür des Raumes, in dem die Professoren der Fakultät soeben positiv über den Vortrag und über die gesamte Habilitation befunden hatten, stand ein Abgesandter der Universität Bonn und bot Dr. Keller eine Professorenstelle für Geschichte an. Natürlich akzeptierte der das Angebot – eine Ablehnung von seiten eines Privatdozenten, und das war Dr. Keller nach der erfolgreichen Habilitation – käme akademischem Selbstmord gleich.

So wechselte Max mit seinem Chef als dessen Hilfskraft zum Wintersemester an die Rheinische Friedrich-Wilhelms-Universität. Dabei stellte sich heraus, daß Professor Keller – so nannte Max ihn nun – offenbar schon seit zwei, drei Semestern Ausschau nach möglichen Mitarbeitern und Doktoranden gehalten hatte. Denn in dem sogleich eingerichteten Oberseminar für fortgeschrittene Studenten fand Max neben neuen Gesichtern – Bonner

Examenskandidaten – einige alte Bekannte aus Göttingen vor. Das Thema des Oberseminars war „Großbritannien im 18. Jahrhundert," und zwar deswegen, weil Prof. Kellers Habilitationsschrift über die Beziehungen der Universität Göttingen zu Großbritannien handelte, und die wollte er nun für den Druck überarbeiten. In der Ankündigung stand, daß die Universität Göttingen 1734 von Georg August, Kurfürst von Braunschweig-Lüneburg (Hannover), gegründet wurde, der als George II gleichzeitig König von Großbritannien und Irland war, gefolgt von zwei weiteren Georges, der sogenannten „Hanoverian" Dynastie.

II

Ort: Prof. Kellers Wohnzimmer
Zeit: Ende Februar 1963

PETER LANG: Und – wie fanden Sie den Vortrag gestern?

MAX: Ich weiß nicht. Früher war Pascual Jordan ja mal ein führender Quantenmechaniker, hat dem Heisenberg die Mathematik gemacht, glaube ich.

PETER LANG: Sie waren wahrscheinlich wegen der Astronomie da?

MAX: Und Sie wegen der Theologie? Daß wir Menschen mit unseren 1,70 von der Größe her genau in der Mitte stehen zwischen den kleinsten und und den größten Objekten des Universums, und das sei vermutlich kein Zufall, das ist doch Teleologie, physikalische Theologie.

PETER LANG: Umso interessanter, daß das ein bedeutender Physiker sagt.

MAX: Aber was sind denn zum Beispiel die kleinsten Objekte? Jordan meint, Atome. Aber was ist mit Elektronen? Wenn es die überhaupt gibt wie Billiardkugeln. Und sind Protonen nicht vielleicht aus noch kleineren Teilchen zusammengesetzt? Das weiß doch keiner. Und dann stimmt Jordans Rechnung nicht, egal ob das Ganze kein Zufall ist.

STIMME: *(von hinten, drängt sie auseinander)* Entschuldigung.

DR. WILFRIED SCHELP: Wie war Ihr Semester?

MAX: Noch eine Woche.

Dr. Wilfried Schelp: Ihr Referat über die Sprachkenntnisse der Hannoveraner Könige auf dem britischen Thron … Daß George I gar nicht Englisch konnte. Sehr gut. (*Pause*) Sollen wir uns nicht eigentlich duzen? Wilfried.

Max: Max.

(Allgemeines Zischeln von weiter vorne)

Prof. Keller: Sehr geehrte Kollegen, liebe Mitarbeiter, liebe Oberseminarteilnehmer! Ich freue mich, Sie zum Semesterende, zum Abschluß meines ersten Semesters in Bonn, bei uns zu Hause zu begrüßen. Gleichzeitig möchte ich meiner Freude Ausdruck geben, daß die Kollegen vom Historischen Seminar mich so freundlich in ihre Reihen aufgenommen haben. Besonders geehrt fühle ich mich, daß Sie, verehrter Herr Professor Schirmer, meiner Einladung gefolgt sind, der Nestor, wenn ich so sagen darf, des Faches, das mir neben der Geschichte am nächsten steht. *(Freundliches Gemurmel allerseits)* Und nun, meine Damen und Herren, wünschen meine Frau und ich uns allen einen anregenden Abend. Wir hoffen auf *many happy returns. (Alle stellen ihre Gläser auf die Stehtische und applaudieren.)*

Max: Und Sie sind aus Aurich, wie ich höre?

Heike Hennig: Sie kennen es?

Max: Zweimal vom Durchfahren, auf dem Weg nach Langeoog, einmal mit den Eltern, einmal mit dem Fahrrad.

Heike Hennig: Dann waren wir uns als Kinder schon einmal ganz nahe.

Max: Wir fuhren mit dem Auto von Düsseldorf – da bin ich aufgewachsen – nach Bensersiel. In Esens machten wir eine Pause, denn da lebt die Schwester des ältesten

Jugendfreundes meines Vaters. Da gab es auf dem Bauernhof eine Magd, die hatte noch nie die Nordsee gesehen. Und es sind doch nur vier Kilometer! Ich konnte es nicht glauben, weil ich den ganzen Tag schon darauf gewartet hatte, endlich zum ersten Mal in meinem Leben das Meer zu sehen.

HEIKE HENNIG: In Esens wohnt eine Tante von mir.

MAX: Auf Langeoog wohnten wir bei der Familie Kuper. Er war der Kapitän des Seenotrettungskreuzers, und einmal durfte ich bei einer Übungsfahrt mitfahren. Er hatte Hunderte Menschen aus Seenot gerettet, konnte selbst aber nicht schwimmen.

WILFRIED: *(kommt vorbei)* Kommst du mit zu Professor Keller?

MAX: Gleich.

WILFRIED: Er will uns Schirmer vorstellen.

MAX: Sofort. *(Wilfried geht.)* 1957 waren die Eltern wieder auf Langeoog, ohne mich, ich war auf Fahrradtour in England und Wales. Aber auf der Rückfahrt besuchte ich sie, weil ja keiner bei uns zu Hause war. Auf dem Weg von Ostende nach Bensersiel war zwei Tage lang so starker Gegenwind, daß ich dachte: Wenn ich einst alt bin und gerne wieder jung wäre, dann denke ich an diesen ewigen Gegenwind und wäre geheilt von dem Wunsch, wieder sechzehn sein zu wollen.

HEIKE HENNIG: Sie müssen zum Chef. *(Geht)*

WILFRIED: *(Kommt von der Seite, leise)* Ich sage nur „Vorsicht".

MAX: Was ist?

WILFRIED: Ich glaube, der Keller hat was mit ihr.

MAX: Aber sie ist doch erst zwei Monate bei uns.

WILFRIED: Vor ein paar Tagen, nach ihrem Dienstschluß, wollte ich ins Büro, dachte natürlich, es sei leer, wollte aufschließen, aber die Türe war nicht abgeschlossen, und dann standen die beiden so komisch im Türrahmen zu seinem Büro, als wären sie gerade auseinandergefahren. *(Sie nähern sich dem Stehtisch, an dem Prof. Keller und Prof. Schirmer stehen.)*

PROF. KELLER: Professor Schirmer, darf ich Ihnen meinen Mitarbeiter Dr. Schelp vorstellen. Herr Kollege Meier, der ihn gerade promoviert hat, empfahl ihn mir als Assistenten. Ich selbst habe ja noch keine fertigen Promovierten. Und dies ist Max Becker, meine Hilfskraft, aus Göttingen mitgekommen, wo er in meinem Seminar über Geoffrey übrigens über Ihre *Frühen Darstellungen des Arthurstoffes* referiert hat. *(Professor Schirmer nickt Dr. Schelp und Max zu.)* Professor Schirmer ist nach dem Tod von Ernst Robert Curtius der Doyen unserer Philosophischen Fakultät.

PROF. SCHRIMER: Vergessen Sie nicht Lützeler oder Weisgerber.

PROF. KELLER: Woran arbeiten Sie gerade?

PROF. SCHRIMER: Ich beginne, mich von der Lehre und Prüfungstätigkeit gänzlich zurückzuziehen. Mein laufendes Oberseminar über die mittelenglischen Romanzen wird das letzte sein. Ich spüre, daß mir der Kontakt zu den jungen Studenten fehlt, bin darauf angewiesen, daß die Mitarbeiter des Instituts mir Nachwuchs empfehlen. Noch zwei Promotionen muß ich zu Ende betreuen. Dann ist Schluß.

PROF. KELLER: Und Ihre *Geschichte der englischen und amerikanischen Literatur?* Man hört, eine vierte

Auflage sei in Vorbereitung. *(Frau Keller stellt sich dazu.)*

MAX: *(Zu ihr gewandt)* Max Becker.

FRAU KELLER: *(Zieht ihn beiseite)* Sie waren noch in Göttingen bei uns zum Tee. Ich sah Sie nur einen Moment, aber mein Mann hat gelegentlich von Ihnen gesprochen. „Goethe und Napoleon", nicht wahr? *(Max nickt.)* Und haben Sie sich in Bonn schon eingelebt?

MAX: Ein wenig. Über Weihnachten und Neujahr war ich allerdings bei meinen Eltern in Düsseldorf, und vorher war ich in Göttingen, und es ist ja Winter. Viel habe ich noch nicht gesehen.

STIMME: *(von hinten, laut)* Aber die Amerikaner haben doch Raketen in der Türkei stationiert, da wäre Kuba nur der Ausgleich gewesen.

FRAU KELLER: Was ist Ihr zweites Fach?

MAX: Geographie. Aber fast jeden Abend spaziere ich die Kaiserstraße entlang, da kommt gegen 9 der Rheingold vorbei.

FRAU KELLER: In den kommenden Semesterferien, was werden Sie unternehmen?

MAX: Ich weiß es noch nicht.

PETER LANG: *(Grüßt Frau Keller, die Max zunickt und weitergeht)* Eigentlich hätte der Jordan zusammen mit Heisenberg den Nobelpreis kriegen müssen.

GESCHICHTSPROFESSOR: *(Blickt vom Nebentisch herüber)* Oder später mit Max Born, aber weil er 1933 in die NSDAP und SA eingetreten war, schien es den Schweden nicht opportun … *(Wendet sich zurück)*

MAX: Sie freuen sich bloß, daß ein theoretischer Physiker eine Schöpfungsinstanz annimmt.

PETER LANG: Weil ich Theologie studiert habe?

STIMME: *(Seitlich von hinten, sehr laut)* Sie haben auch schon den Mauerbau verteidigt.

MAX: Wie kamen Sie dann in Kellers Oberseminar?

PETER LANG: Mein Orden wollte, daß ich ein Lehramtsstudium dranhänge. Wir sind ein Schulorden. Und da hat mich der Schuller, weil er emeritiert wurde, an Keller weiterempfohlen, und der suchte Leute für sein Oberseminar.

PROF. KELLER: *(Klopft an sein Glas)* In meinem Arbeitszimmer sind kleine Stärkungen vorbereitet, bitte hier durch die Türe.

PETER LANG: Sind Sie denn Atheist?

MAX: Agnostiker, aber nicht kämpferisch, weil man ja wirklich nix weiß. Sozusagen ein agnostischer Agnostiker. Übrigens ist auch die Sache mit den größten Objekten ziemlich arbiträr. Sind es Galaxien oder Galaxie-Cluster? Oder das ganze Universum? Und das dehnt sich ja vielleicht aus, und die Proportion zum Menschen ändert sich stetig. Oder genauer: Der Raum dehnt sich aus. Da ist Jordan unter seinem früheren Niveau.

PETER LANG: Dehnen auch wir uns aus? Und alles mit uns, weil wir es ja nicht merken? *(Max blickt unwirsch)* Nichts für ungut.

STIMME: *(Im Hintergrund)* Aber der mußte sich doch vor den Nazis verstecken, im Kloster Maria Laach.

(Wilfried stellt sich zu Peter Lang und Max.)

MAX: Wie geht es eigentlich im nächsten Oberseminar weiter?

WILFRIED: Nächste Woche will Keller eine Themenliste für Kurzreferate herumgehen lassen.

Peter Lang: Also weiter England im 18. Jahrhundert.

Wilfried: Jetzt kulturelle Entwicklungen: Universitäten, Wissenschaft, Philosophie, Aufklärung, *landscape garden* und so weiter.

Max: Also eine Art Begleitung zu seiner Habilschrift.

Wilfried: Da sollten wir überlegen, ob wir für unsere Arbeiten einen gemeinsamen Nenner finden, und das Keller als Thema für das Oberseminar ab dem Wintersemester vorschlagen.

(Wilfried und Peter Lang stellen ihre Gläser auf den Stehtisch und gehen in Richtung Arbeitszimmer. Max blickt um sich und geht dann möglichst unauffällig zur Haustüre und verläßt die Gesellschaft.)

* * *

Hoffentlich war der Abgang unauffällig. Schelp egal, auch Lang, aber Keller. Müßte sagen, war unpäßlich, konnte nichts essen, wenn er fragt. Abschied auf französisch. Kein Affront, um Gottes willen, natürlich nicht, im Gegenteil, wollte Aufsehen vermeiden. Bitte Ihrer Frau auszurichten. Er hatte gerade erst gesagt, wir müssen demnächst einmal über ein Dissertationsthema nachdenken. War überglücklich. Vielleicht Professor. Fünfundzwanzig Leute, Fremde, jedenfalls Neue, anders, anders als bei Familienfeiern, da kennt man alle schon immer. War aufgewühlt, erste größere Gesellschaft, Durcheinander, die Namen behalten, beim Stehen beieinander so nah, sich in die Augen blicken müssen, immer wieder abwenden, aber nicht zu lang, daß es nicht wie Schwäche aussieht. Schirmer. Zum ersten Mal neben einem berühmten Mann. Sehr nobel, noble Persönlichkeit, klein, fast gebrechlich, aber Aura. Ungleiche Situation, man kennt ihn, er kennt einen nicht. Keller biedert sich an. Die frühen Darstellungen, mein Referat, da wurde klar, woher Keller seine These hat, Geoffreys Historia mehr politischer Traktat als Geschichtswerk. War zuletzt ganz verspannt, mußte duschen, heiß, lang. Heike Hennig, Vorsicht. Mädchenhaft, Claudia fertiger. Ob Frau Keller was ahnt? Heiraten Sie nicht zu früh. Verstehe. War bezaubert. Abgenutzte Metapher, eigentlich gut. Einmal verhext eine Hexe Donald, fuchtelt mit ihren Händen vor seinem Gesicht, bezaubert ihn. Man sieht das daran, daß in seinen Augen die Pupillen als schwarze Spiralen rotieren. Genial gemacht. Erst jetzt beginnt mein Leben. Muß die Angst im Zaum halten. Der Schelp. Wilfried, daran denken beim nächsten Mal. Ob er sich einschmeicheln will? Denkt vielleicht, der kennt den Chef schon aus Göttingen, die sind vertraut, sich gut stellen. Habe erfreut getan, überrascht, freudig verwirrt, kann das, kann sogar rot werden. Ist eigentlich auch anbiedern, nur raffinierter. Er hatte Krümel im Mund, Brei hinter den Zähnen, eklig, hatte das Salzgebäck gegessen, dachte wahrscheinlich nicht, daß es was zu essen gibt. Die Kubakrise. Ist fast an mir vorbeigegangen, war auf Wohnungssuche, fuhr immer von Düsseldorf her, suchte Zimmer. Auch der Mauerbau. War in Exeter, Ursel, mein August 61. Habe ihr die Sterne erklärt. Spaziergang am Meer. Stockdunkel. Zeigte M 31. Kant, 1775, dachte, das könnte eine Galaxie sein, kein Nebelfleck, und gerade erst hatte Wright 1750 die Milchstraße als Galaxie erkannt, unsere Galaxie, wir drin. Und dann gleich Extrapolation, Nebel selbst wieder eine Galaxie. Enorm kühn. Da küßte sie mich, mein erster. Kriegte bald danach das Pfeiffersche Drüsenfieber, lag drei Wochen, zu Hause, der Arzt fragte danach, peinlich, die Eltern müssen was gedacht haben, haben nichts gesagt. Und Galilei hatte die Kristallschalen der alten Kosmologie zertrümmert. Newton. Ohne dessen Gravitationstheorie konnte man die Zerstörung der Kristallsphären gar nicht glauben. Wenn die Fixsterne nicht an der äußeren Schale angeheftet sind und die Planeten, auch Sonne und Mond, an den inneren, wieso sollen sie sich auf ihren Bahnen um die Erde drehen und nicht einfach geradeaus wegfliegen? Galilei sieht vier Monde um den Jupiter rotieren, das müßte die Jupiterschale zertrümmern, wenn es sie gäbe, aber wie soll das ohne Newton gehen, ohne die Anwendung der Fallgesetze aufs Weltall, auf die Sterne? So töricht war die Ablehnung Galileis durch die Kirche also gar nicht. Ohne Newton konnte man Galilei nicht verstehen. Hab das Meyer damals gesagt, bei Brechts Leben des Galilei. Der wußte nicht, was er sagen sollte. In Göttingen ein letztes Mal auf dem Wall um die Stadt, Abschied von der Beethovenstraße, nicht ins Historische Seminar, wegen Claudia. Ob sie weiß, daß ich mit Keller? Ob sie noch an mich denkt? Hat vielleicht das mit Julien Sorel gemerkt, deshalb Schluß gemacht. Auf der Fahrt über Hannover, auf dem nächsten Bahnsteig, ein Zug fährt ein, graue, hagere Männer steigen aus, alte Frauen in Kopftüchern, viele Koffer, Rucksäcke, Spätheimkehrer, Verbannte, Wolga, Sibirien, wilder Empfang, heisere Rufe, Rotes Kreuz, reißen einander an die Brust. Wiedersehen. Ich Trennung. Nach Düsseldorf am Heiligabend, zu den Eltern, am ersten Weihnachtstag wie immer zu Tante Hete und Onkel Reinhard. Unser Baum bunte Kugeln, gemütlich, bei Tante Hete nur Silberkugeln, vornehmer. Zum Abendessen wie jedes Jahr, Tante Berta macht die Tür auf, sagt Herr Max, mag mich, muß wieder in die Küche, alle da, wie immer, Onkel Gerhard, seine Frau jetzt tot, erzählt Mutti, Jürgen, frisch verheiratet, seine Frau, elegante Erscheinung, Ungarin, 1956 mit den Eltern geflohen. Ilka. Auch wieder die Károlyis, sprechen ungarisch mit ihr. Eigentlich Ilona, aber alle betonen auf dem o, klingt ihr zu bieder. Ungarisch immer auf der ersten Silbe, Lehár, Akzent was anderes, s ist sch, Budapescht, Schopron, sz ist s, ob unser ß daher kommt? Imre Nagy, Nodsch. In den Semesterferien wieder zu den Eltern, Dissertation. Keller – wir müssen langsam über ein Dissertationsthema nachdenken – war völlig überrascht, erfreut, vielleicht mehr als Lehrer – Geschichte der Astronomie in England – ob der Keller sowas als Thema annehmen würde – ob es das schon gibt – noch William Herschel – würde zur Geographie passen – ob Claudia eigentlich mit ihrer Diss fertig ist – oder dem Schramm schon eine erste Fassung – vielleicht gerade noch bis 10 in der Bibliothek gewesen – hinterer Raum – reservierter Platz – Doktoranden – auf dem Tisch ein Stapel reservierter Bücher – kann niemand ausleihen – manche verstecken Bücher an der falschen Stelle im Regal – keiner weiß wo sie stehen – nur sie – ringsum Alte Geschichte – zwischen Buchdeckeln Quellen Biographien Bibliographien Reprints – Worte gedruckte Worte – wollen heraus – sprechen rufen flüstern zischen raunen – Thukydides griechisch Thoukydídēs The Peleponnesian War Thucydides – Hēródotos – Wanderer kommst du nach Sparta – Lakedaimon lakonisch – dann kämpfen wir eben im Schatten – ich verlasse dich – ihre Haut fest warm zart

Vorsicht geheim – Heike – blicke hinunter auf schachbrett vorn schwarze steine links unten lücke weißer turm droht einzudringen in letzte reihe hinter meine figuren dort weniger panzerung hinten panzer verwundbar was tun unruhe in der ferne presslufthammer leises beben dringt durch den körper – ich muß nochmal aufs klo.

III

Kaum war Max promoviert worden, ergab sich die Chance einer Assistentenstelle. Keller hatte sich, ohne daß die Mitarbeiter das ahnten, auf eine Professur an der soeben gegründeten Universität Regensburg beworben, war ernannt worden und durfte als Erstberufener seines Faches eine Vielzahl von Stellen besetzen: für Stellen für Assistenten, Akademische Räte, eine ‚ganze' Sekretärin, wissenschaftliche und studentische Hilfskräfte. Das halbe Oberseminar zog mit ihm nach Bayern. Max als seinem ersten fertigen Doktoranden bot er eine Assistentur an. Natürlich nahm der an.

Daß Keller von der berühmten Universität Bonn an die Neugründung Regensburg – ein unbeschriebenes Blatt – wechselte, hing mit seinem Charakter zusammen. Bald hatte er seine anfängliche Anbiederung, die nicht gut ankam, aufgegeben und war mit einigen der einflußreichsten Kollegen der Fakultät zerstritten. In Regensburg hingegen war er unter den neuberufenen Privatdozenten als bereits bestallter C4-Professor einer bekannten Universität der Platzhirsch. Für seine Oberseminarteilnehmer war das der Glücksfall. In Bonn wäre für Max alles sicher ganz anders gekommen.

An einem Freitag Ende April 1967 fuhr Max von Bonn nach Regensburg, um am 1. Mai seinen Dienst als wissenschaftlicher Assistent anzutreten. Das war natürlich ein Feiertag, danach kam das Wochenende, und so war es erst am 5., daß er den Dienst antrat. Bei herrlichem Sommerwetter packte er seinen ganzen Hausrat in den alten VW-

Käfer, den ihm der Vater zum Dr. phil. geschenkt hatte, der ausrangierte Dienstwagen seines Technischen Zeichners, der einen neuen bekam. Das Auto war ringsum bis zur Höhe seines Kopfes vollbepackt, nur das Bücherregal der Wissenschaftlichen Buchgesellschaft mußte er per Bahn aufgeben. Die Stimmung war: Aufbruch, ein neues Leben!

Gleich am ersten Wochenende fuhr er von seiner kleinen Wohnung in der Südstadt hinaus nach Prüfening und wanderte durch die Straßen und Felder, wo sie evakuiert gewesen waren. Hier hatte ihn einmal die Gans eines Nachbarn in die Hose gezwickt, dort hatte ihm die Tochter des Hausherrn die Haare gekämmt, wobei er in eine wohlige Trance verfiel, gestört allerdings durch das Wissen, daß dies einmal aufhören würde, und vielleicht bald, jetzt gleich ... Und natürlich war alles viel kleiner, als er es in Erinnerung hatte. Dann spazierte er – mit einer frisch gekauften Landkarte ausgestattet – über die Mariaorter Brücke, wo rechts die Naab in die Donau mündet, ein herrlicher Blick, und wenn dann noch ein Zug, am besten ein schwerer Güterzug, in rasender Eile um die Kurve aus den Bergen kommend an einem vorbei über den Fluß hinweg in die Ebene sich stürzt, so daß die Brücke zittert ... Weiter wanderte er auf Feldwegen und Wiesen und Äckern, an Wäldern und Dörfern vorbei, bis er in Matting mit der Fähre wieder auf die rechte Donauseite übersetzte und zurück nach Prüfening lief. Es war der schönste Tag seit langer Zeit.

Die Arbeitstage des Sommers verbrachten die ehemaligen Bonner – sozusagen ein Vorauskommando von Keller, der im Sommersemester in England eine Gastprofessur innehatte – in einem für diesen Zweck geräumten

ehemaligen Gymnasium nahe beim Theater mit Buchbe-
stellungen, Katalogisierung und ‚Bewapperln‘ der einge-
henden Bände, dem Aufbau der Bibliothek ihres Faches.
Am Wochenende fuhren sie zusammen nach Weltenburg
oder Adlersberg, denn sie kannten ja niemanden in der
Stadt, und Studenten gab es noch keine – die Uni öffnete
erst mit dem Wintersemester 1967/68.

Bei Max gab es nach der Veröffentlichung der überar-
beiteten Dissertation eine längere Publikationspause, denn
er legte zunächst noch sein Erstes Staatsexamen ab, und das
brauchte erhebliche Vorbereitung wegen der ganz anderen
Ansprüche in Bayern gegenüber Nordrhein-Westfalen.
Keller meinte, mit der Möglichkeit des Lehrerberufs sei
Max ihm nicht auf Gedeih und Verderb ausgeliefert und
er nicht in einer Zwangslage, falls es mit der Habilitation
nicht vorangehen sollte.

Da erreichte die Studentenrevolte auch Regensburg.
Max verstand den Wunsch nach kultureller, nicht zuletzt
sexueller Liberalisierung Westdeutschlands, aber nicht die
Formen und das Ausmaß der Rebellion. Rudi Dutschkes
Reden erinnerten ihn in Ton und Stil fatal an die Aus-
einandersetzungen am Ende der Weimarer Republik,
und das Herrische, Arrogante, Sektiererische und als
deren Konsequenz das Rechthaberische der linksradi-
kalen Intellektuellen stießen ihn ab. Wie man Mao, Ho
oder Arafat als Vorbilder und ihr Handeln als Modell für
Deutschland ansehen konnte, blieb ihm rätselhaft. Als
er 1969 in London Richard Friedenthal besuchte, den
er als Freund von Stefan Zweig und Goethe-Biographen
verehrte, mußte er ihm von Deutschland erzählen, vor
allem von der Lage an den westdeutschen Universitäten,

denn Friedentahl machte sich große Sorgen wegen der
SA-Methoden der Studentenbewegung. In Regensburg
war zwar alles harmloser als in Berlin oder Frankfurt, aber
dennoch. Eine junge Studentin, durch nichts ausgewie-
sen, stellte sich an die Spitze einer Kampagne gegen den
Professor für Neuere Deutsche Literatur und machte ihm
semesterlang das berufliche Leben zur Hölle, vermutlich
damit auch sein privates Leben, ihm, der ein respektabler
Fachmann für deutsche Exilliteratur war, also für die Werke
der Opfer des Nationalsozialismus, und dazu menschlich
ganz un-ordinarienhaft. Eine Studentin der Amerikanistik,
Mitglied des Kommunistischen Bundes Westdeutschland
(KBW), erklärte ihm allen Ernstes die Überlegenheit des
albanischen Gesundheitssystems, und man merkte, daß
sie von dem, was sie behauptete, völlig überzeugt war. Vor
allem jedoch schätzte er den Schaden, den die Bewegung
verursachte, höher ein als den Gewinn, etwa in Bereichen
wie Schul- und Bildungspolitik, Familien- und Gesell-
schaftspolitik. Die „klammheimliche" geistige Kompli-
zenschaft mit Mord und Terror der Bewegung erschienen
ihm undiskutabel. Die Intellektuellen und ihre Neigung zu
Despoten, autoritären Regimes, ja massenmörderischen
Tyranneien. Meist waren oder sind es linke, falls man
Stalin links nennen kann, aber auch rechte kommen vor,
manchmal auch beides im Wechsel wie beim Vegetarier
George Bernard Shaw.

Andererseits stimmte es, daß Kolonialismus und
Imperialismus Afrika ruinierten, daß Ausbeutung und
Unterdrückung Südamerika beherrschten, daß in West-
Deutschland alte Nationalsozialisten in Amt und Würden
waren, und daß die Frauen die Befreiung von ihrer Be-

schränkung auf die Rolle der Mutter und Hausfrau unter der Aufsicht der Väter und Ehemänner zu fordern begannen. Obwohl, hier war Max ein Anhänger der Theorie, daß Antibabypille und Elektrogeräte einen wichtigeren Beitrag zur Emanzipation leisteten als Theorien und Sit-ins.

Seinen 29. Geburtstag feierte Max alleine und mit großem Unbehagen. Im nächsten Jahr stand also der 30. bevor, und mit ihm begann das Jahrzehnt, in dem die Lebensentscheidungen in Beruf und Privatleben fallen mußten. Er aber wollte immer mit dem ganzen Hausrat im Auto davonfahren können. Wohin? Er hatte keine Ahnung. Weg können hieß ja, nicht weg müssen. Außer der gesetzlich vorgeschriebenen Auto-Haftpflichtversicherung war er keinerlei Verpflichtungen eingegangen, auch nicht in solche menschlicher Bindungen. Er wollte stets fluchtbereit sein. Das war ihm im Anschluß an die Auflösung der Verlobung klar geworden. Irgendwann jedoch, so zwischen 30 und 40 würde die Einordnung ins bürgerliche Leben anstehen, und keine Entscheidung zu treffen wäre auch eine. So machte er an jenem Herbsttag einen Ausflug ins Tal der Laaber. Abgefallene Blätter trieben im schwarz-grünen, träge dahinfließenden Wasser. Er machte ein paar Fotos, für ein Bild seiner selbst brauchte er den Mann eines Ehepaares, das am Fluß entlang wanderte. Unabweisbare Zwänge würden ihm entweder einschließen oder ausschließen. Nicht weg können oder weg müssen! Beides schlecht. Skylla oder Charybdis. Aber nicht gleich schlecht. Der Schlauch durch den Körper ist noch schlimmer als sich aus dem Haus ausgeschlossen zu haben.

Erfreulich war der Fußballvormittag am Samstag. Während der Jahre in der Drakestraße hatte Max fast täglich mit den Nachbarsjungen auf dem Platz hinter St. Antonius Fußball gespielt, mit zwei Kastanienbäumen als Torpfosten. Dann war er rechter Stürmer in der Klassenmannschaft im Gymnasium. In Regensburg organisierte er bald nach dem Jahreswechsel eine Fußballmannschaft aus Assistenten und älteren Sportstudenten. Jeden Samstag spielten sie von 10 bis 12 ohne Pause, meist fünf oder acht in jeder Mannschaft, auf kleine Tore, auch im Winter, einmal bei -20 Grad. Da war der dicke Sacher – sie duzten sich mit Nachnamen –, ein enorm starker Verteidiger, der pfeilschnelle Rechtsaußen Kneip, und ein etwas fauler, im entscheidenden Moment jedoch sehr erfolgreicher Mittelstürmer. Max wandelte sich im Laufe der Jahre zum Libero, nicht mehr so schnell und wendig wie früher, aber ausdauernd und gut in der Ahnung, wo der Ball in den nächsten zwei Sekunden sein würde. Mit dem Ball am Fuß aufs Spielfeld laufen in Antizipation der nächsten 120 Minuten, das war ein unvergleichliches Gefühl von Lebenslust.

Was seine wissenschaftliche Laufbahn anging, hätte er nun dringend mit einer Habilitationsschrift beginnen müssen, denn in fünf Jahren lief sein Vertrag aus. Aber er wußte nur, daß es etwas über irische Geschichte sein sollte, hatte ansonsten kein Thema, geschweige eine These, die er vertreten, entwickeln wollte.

Bereits 1963 war Max für eine Fahrradtour auf der „Insel hinter der Insel" gewesen. Aber auf der Zug- und Schiffsreise von Düsseldorf über Ostende, Dover, London und Fishguard nach Rosslare mußte er sich erkältet haben, denn schon auf der Fahrt die Küste hinaus in Richtung Dublin fühlte er sich nicht richtig fit, mußte nach gerade mal 90 Kilometern in Arklow unterbrechen, anders als bei den Etappen der früheren Touren, und dann brach am nächsten Tag, kaum daß er in Dublin ein Hotelzimmer bezogen hatte, eine Mittelohrentzündung aus. Er mußte umkehren. Mit 40 Grad Fieber reiste er abends zurück, kam am nächsten Morgen in Paddington Station an, fuhr mit dem Rad zur Victoria Station, saß dort zehn Stunden lang auf einer Bank vor den Gleisen und wartete auf den Zug nach Dover, nahm die Nachtfähre nach Ostende, und weiter ging's mit dem Zug nach Düsseldorf. Als er endlich bei den Eltern in seinem Bett lag und das Fieber losbrach, bemerkte er, daß die Kiefer schmerzten, so sehr hatte er auf der Reise mit den Zähnen geknirscht.

1968 reiste er wieder nach Irland, diesmal mit dem Auto. In Fishguard wurde sein VW als Einzelstück mit einem Geflecht aus dicken Seilen von der Pier aufs Schiff gehoben. Er war an dem Tag der einzige Passagier mit Auto. Von Rosslare und Wexford aus fuhr er quer durch die Insel und kam abends in Westport an. Es war schon 8 Uhr, aber sofort fuhr er vom Hotel zu dem Parkplatz am Fuße des Croach Patrick, rannte auf dem Pilgerweg die 760 Meter zum Gipfel hinauf, blickte lange um sich – die Aussicht ist unvergleichlich – und lief wieder hinab und kam gerade am Auto an, als die Sonne unterging. Einige Tage später fuhr er nach Connemara, blieb eine Nacht in Clifden, ließ dann, auf dem Weg nach Galway, das Auto in Spiddle stehen und wanderte stundenlang durch die Heidelandschaft hinter der Küste. In Galway nahm er das Schiff nach Inishmore, der größen der Aran Islands. Drei unvergeßliche Tage verbrachte er auf den Klippen hoch über dem Atlantik, kletterte in den alten Ringforts herum und wanderte die felsigen Strände entlang, bis er in der dritten Nacht im Hotel am Hafen wegen eines Sonnenstichs Fieber und Erbrechen bekam. Am nächsten Tag war das Wetter umgeschlagen. Auf der Rückfahrt nach Galway stand er drei Stunden im Regen und Wind am Bug und ließ sich das Fieber aus dem Gesicht peitschen.

1969 verbrachte er sechs Wochen in Dublin, in der Bibliothek des Trinity College, in den Buchläden der Stadt, mit der Besichtigung der nationalen Denkmale, und wohnte in einem Studentenheim, das gleichzeitig den Kongreß von Jesuiten beherbergte. Deren *lingua franca* war Latein, das Max abends beim gemeinsamen Dinner mitradebrechte.

Also irgendetwas mit irischer Geschichte. Der Bürgerkrieg im Norden war gerade ausgebrochen. Er las und las. Er besuchte Derry/Londonderry, bei dem die Parteiungen – die Unionisten/Protestanten und die Nationalisten/Katholiken – sich nicht einmal auf den Namen einigen konnten. Die Gründe hierfür lenkten einen zurück zur Trennung der Insel 1921/22 in die Republik Irland, beziehungsweise in ihre Vorformen, und in Nordirland, Teil des United Kingdom; die Trennung wiederum führte einen zurück zur Großen Hungersnot 1845 ff., und die weiter zu den *penal laws* des 18. Jahrhunderts der englischen Oberschicht gegen die Eingeborenen; die Spaltung der Bevölkerung wiederum führte zurück zur Kolonisierung Ulsters durch englische und schottische Siedler im 17. Jahrhundert und so weiter bis 1167 ff., zur Eroberung des Ostens Irlands durch englische, eigentlich normannische, Ritter. Wo da anfangen? Wo einsteigen? Deutsche Perspektive? Deutsch-irische Beziehungen? Keller konnte nicht helfen, kannte Irland nicht, und wenn, dann aus pro-britischer Perspektive.

In dieser mißlichen Situation entstand die Idee zu einem Einführungsband in die Geschichtswissenschaft. Anders als zu seiner Zeit in Göttingen und Bonn gab es inzwischen Einführungskurse in das Fach für die Erstsemester, und die hatte Max seit der Regensburger Zeit übernommen. Aus den Unterlagen entstanden Skripte und schließlich ein Buchtyposkript, das, weil es Vergleichbares noch nichtgab, von einem renommierten Verlag zur Veröffentlichung angenommen wurde.

Auch 1971 ging es wieder nach Irland. Sechs Wochen verbrachte er in einem Hotel auf der Dingle Peninsula nahe beim Conor Pass. Da wäre er fast tödlich verunglückt. Er war auf dem Weg nach Dublin, um zwei Italienerinnen abzuholen, die mit dem Schiff von England kamen. Er wollte einen Lastwagen überholen, der vielleicht 50 fuhr, er 80, und da sein Sitz ja links war, mußte er weit auf die rechte Straßenseite. Gerade als er zum Überholen ansetzte, kam ihm aus einer Bodenwelle – die gibt's viele auf irischen Landstraßen – ein schwarzer Personenwagen entgegen. Er bremste scharf, kam sogleich ins Rutschen, und links und rechts waren Bäume am Straßenrand. Man weiß, an Bäume fahren ist so ziemlich das Schlechteste, was einem Autofahrer passieren kann. Es blieb nur eine Wahl: einfach hinten in den langsamen Laster reinfahren. Das tat er, es rummste, er mußte das Fenster runterkurbeln, so schoß ihm eine Adrenalin-Hitzewelle durch den Körper. Er wartete, daß der Lastwagen anhalten und der Fahrer ihn zusammenstauchen würde. Aber nichts geschah. Nach zwei Kilometern wurde ihm klar: der hatte das gar nicht gemerkt.

Er hielt an der nächsten Stelle an und atmete tief durch. Die Haube vorne war eingedellt, aber oberhalb der Scheinwerfer. Er konnte weiterfahren. Später ließ er den Schaden für den Gegenwert von 300 Mark in Dingle reparieren. Der Zeitraum zwischen dem Erkennen des schwarzen Autos im Gegenverkehr, bremsen, rutschen, der Kalkulation, was besser ist: Zusammenstoß mit dem schwarzen Auto, in einen Baum rutschen oder in den Laster hineinfahren, und dem Aufprall auf die querstehende Eisenkante am unteren Ende der Ladefläche betrug etwa 1 Sekunde.

In diesem Hotel, am Strand von Brandon Bay – so stellte Max es sich vor – würde er mit College-Block und Reiseschreibmaschine in den Dünen sitzen, inspiriert werden, denken und schreiben. Tatsächlich wurde er täglich deprimierter. Er fand kein Thema, keinen roten Faden für eine Argumentation. Kontakte zu Irlandkennern hatte er keine, suchte keine. Sein einziger Gesprächspartner neben den beiden Italienerinnen, vor allem der einen, war der Sohn des Hotelbesitzers. Mit ihm und seinem Labrador machte er lange Spaziergänge am Meer. Einige Male ritten sie den langen Sandstrand mit Mount Brandon im Hintergrund entlang, Max auf dem Pferd, das in David Leans Film *Ryan's Daughter* von 1971 einen Karren mit einer Leiche zu einem Brunnen fährt.

Die Lage verdichtete sich zur Krise im Jahr 1972. Mit einer Freundin machte Max eine Rundreise durchs südliche Portugal, von Lissabon über Setúbal nach Sagres, dann über Lagos nach Tavira und von dort über Mértola und Beja nach Évora. Die letzte Nacht vor der Rückreise vom Flughafen der Hauptstadt nach München lag er schlaflos, mußte immer daran denken, daß ab morgen, nach der

Rückkehr, die Habilitationsschrift geschrieben werden *mußte*. Da geschah ein Wunder.

Eines Nachts dachte er, statt einzuschlafen, über die Angstvorstellung des durch den ganzen Körper gehenden Schlauchs nach, die Folter ultimativer Fixierung. Dann dachte er: Meine Persönlichkeit ist in Konflikt mit sich. Das bedeutet: Sie zerfällt, ich zerfalle. Und weil er gerade einen Suhrkamp-Sammelband über Schizophrenie als eine (gesunde) Reaktion auf kranke Verhältnisse las, dachte er: Ich bin schizophren. Damals hatte er in Irland Samuel Beckett für sich entdeckt: Watt, Molloy, Moran, Malone, auch sie zerfallen bei dem Versuch, sich denkend einzuholen. Und dann geschah es, daß er ein Buch von Paul Watzlawick in die Hände bekam, und auf einmal hatte er das begriffliche und theoretische Rüstzeug für alles, das ihm seit Jahren durch Herz und Kopf gegangen war: die Unterscheidung von Objekt- und Meta-Ebene, von analoger und digitaler, von symmetrischer und komplementärer Kommunikation, ihr Bezug zu Ironie und Paradoxie. Und er verstand, wie einem bei zu starker Betonung von Form, Struktur und Perspektive die Welt verloren gehen kann. Und er schrieb diesen Text.

Einleitung

Es ist mir eine besondere Freude, heute zu Ihnen sprechen zu dürfen. Gut, das ist ein Topos. Jedoch meine ich es diesmal wirklich. Gut, gut, das ist auch ein Topos, vielleicht anspruchsvoller, aber dennoch ein Topos. Dann eben: Diesmal meine ich es wirklich wirklich.

Nein, das geht nicht. Über eine so komplizierte Freude werden Sie sich nicht freuen. Zuviel ist hier weniger als nichts. Am besten, Sie vergessen alles, was ich bisher gesagt habe.

Aber mit so viel Koketterie enden ist auf einer höheren Ebene noch bekloppter, denn wieso sollen Sie sich von mir mit einem Vergessenheitsbefehl an der Nase herumführen lassen wollen? Das Ganze war von Anfang an falsch angelegt. So mache ich jetzt Schluß und beende den mißglückten Anfang. Jedoch, dieses Eingeständnis von Koketterie ist ja nur noch mehr Koketterie. Zu meinem Anfang gibt es gar keinen passenden Schluß. Sagen, daß man endet, bedeutet weitermachen. Schlechthinnige Unhintergehbarkeit. Oh Gott, dann kann man auch weitermachen wie vorher.

Mit Gödel und Tarski im Hinterkopf könnte man vielleicht sagen: Es gibt keine konsistente Theorie T, die ihre eigene Meta-Theorie enthielte.

Dann auf einmal, Max war zu aufgeregt um einschlafen zu können, wußte er, was das Thema seiner Habilschrift sein konnte. Nicht über eine Gestalt, eine Epoche, ein Problem der irischen Geschichte würde er schreiben, da würden irische Historiker immer einen uneinholbaren Vorsprung von Vorwissen, von Nähe zu den Archiven und so weiter haben, sondern über die irische Geschichtsschreibung. Meta-Geschichtsschreibung. Vielleicht so: Die Konstruktion der Vergangenheit – Irland im Bild seiner Historiker. Von Moores vierbändigem Werk von 1833 ff. bis heute? Das konnte er von Deutschland aus vielleicht sogar besser schreiben als aus Dublin, wegen Unparteilichkeit und so weiter. Manches sieht man besser aus der Nähe, anderes aus der Ferne. Und die ganze bisherige ziellose Lektüre ließ sich so ergänzen und gruppieren und war nicht umsonst gewesen, und die Karteikärtchen und Skripte.

IV

Zum Abschluß des Habilitationsverfahrens, kurz vor Semesterende, gab Max ein Fest. Es war die größte Einladung seines Lebens, alle waren da: die Eltern, der Chef und seine Frau, die Freunde und Bekannten aus Institut und Oberseminar, einige Fußballer und Nachbarn. Professor Keller hielt eine Rede, und später überreichten die Freunde Max eine scherzhafte ‚Festschrift'. Alles konnte wie der Höhepunkt seines Lebens erscheinen. Tatsächlich empfand er die Feier als den Beginn eines Endes. Er mußte nun fort, er lebte nur noch auf Abruf im Kreis von Klaus Peter Keller. Auch hatte er sein Privatleben in den letzten Jahren sehr privat führen müssen, nicht vorzeigbare Verhältnisse hatten ihn den Freunden entfremdet. In den Abenden nach dem Fest saß er allein in der Wohnung. Er spürte, daß er sich hier überlebt hatte.

In den nächsten Monaten mußte das Buch für den Druck revidiert werden. Es gab keine größeren Monita der Gutachter, nur einige Vorschläge zu Kürzungen und Klarstellungen, dazu mußte ein Vorwort mit Danksagungen und so weiter geschrieben werden, einige Tippfehler waren zu beseitigen. Dasselbe galt für die Druckfassung des Vortrages, den Keller an eine Zeitschrift, in deren Beirat er saß, vermittelte. Das alles konnte außerhalb der Stadt geschehen. So bat Max seinen Chef, den neuen Vertrag als Oberassistent erst mit dem Wintersemester beginnen zu lassen, und nahm im Sommersemester ein Freisemester.

Durch den Hinweis eines alten Schulfreundes, der gerade Germanistik-Professor in der Schweiz geworden war, mietete er ein Haus in Bellwald im Wallis, wo er ungestört durch Telefon und Fernseher – eigentlich auch ungestört durch Post, denn er gab fast niemandem die Anschrift – arbeiten wollte. Das Haus stand zwar nur für die vier Wochen zur Verfügung, aber wenn er erst einmal vor Ort war, würde sich ein Anschluß finden lassen.

So belud Max an einem Samstag im Mai seinen VW-Käfer – der alte hatte nach zehn Jahren in seinem Besitz und 100.000 Kilometern Dienst, nicht zu reden von der Zeit bei dem Technischen Zeichner des Vaters, soeben den Geist aufgegeben – und fuhr auf der B16 aus der Stadt hinaus in Richtung Süden, vorbei an Abensberg – da dachte er an ein Spargelessen – und weiter auf der B 300 nach Dasing zur A 8 bis Ulm, zur A 7 und B 18 in Richtung Bodensee. Als er beim Studium der Landkarte Grönenbach sah, dachte er an die Freundin, die ihm einmal das albanische Gesundheitssystem gerühmt hatte. Hinter Bregenz mußte man die Auffahrt zur Schweizer Autobahn nach Chur finden, dann ging es an Liechtenstein, an Heidis Dörfli und an Chur vorbei, bis man die Autobahn verläßt, wo sie in einer Linkskurve in Richtung Italien führt. Wenn man der Autobahn mit den Augen folgt, sieht man schon den ersten Tunnel und dessen Ampellichter, während die Landstraße zu den Pässen rechts abbiegt, und der Verkehr verringert sich von einem Moment zum anderen um 90 %. Dann kommen Ilanz, Disentis mit der riesigen Klosteranlage oben am Berg, Sedrun, wo dereinst der Gotthardt-Basistunnel die Alpen unterqueren soll, der Oberalppass, Andermatt, der Furkapass mit Blick auf die Grimselstraße, die gegenüber am Berg steil im Zickzack um einen Kilometer steigt, und in 70 Kilometer Entfernung liegt schneebedeckt das Weisshorn. Dann geht es hinunter zur Rhone, die hier, im Goms, der Rotten heißt, und da wurde Max auf einmal klar, warum die Rhone auf französisch korrekterweise männlich ist. Kurz vor Fiesch mußte er abbiegen, und dann ging es hinauf zu dem Dorf, in dem sein Haus lag, ähnlich einem Stadel, aus schweren Holzbalken, die in Jahrzehnten von der Sonne schwarzbraun gefärbt worden waren. Als er sein Hab und Gut eingeräumt hatte und an dem kleinen Tisch saß, den er als Schreibtisch an ein Fenster mit Aussicht nach Westen gerückt hatte und in die untergehende Sonne schaute, nahm er ein Blatt Papier und schrieb darauf „Tagebuch dieses Sommers".

Tagebuch dieses Sommers.

Heute morgen ein wolkenloser Frühsommertag. Erst Großeinkauf von Lebensmitteln, dann Frühstück. Danach Einordnung meiner Arbeitsmaterialien in Schreibtisch und Regal. Mein Plan: Vormittags immer arbeiten, dann, nach dem Mittagessen, frei, abends Tagebuch. So wollte ich mit der Arbeit beginnen, da fiel mein Blick vom Schreibtisch aus an der Kirche vorbei aufs Weisshorn, in der Morgensonne schneeweiß glänzend, ebenmäßig geformt, ein einzelstehender Riese von über 4500 Metern Höhe, kaum glaubliche 50 Kilometer entfernt, wie ich mit dem Lineal auf der Landkarte errechnete. Ich ging noch einmal in den Migros-Laden und kaufte ein von der Gemeinde herausgegebenes Bändchen über den Ort (Visp, 1976). B. liegt auf 1560 Metern Höhe, auf einem Geländevorsprung, wo einst von Norden der Fieschergletscher in den Rhonegletscher floß. Nun endet dieser 20 Kilometer flußaufwärts!

Beim Blick aufs Weisshorn fiel mir kein besseres Wort als „majestätisch" ein. Ich dachte an eine Geschichte des Wandels des europäischen Naturverständnisses vom Mittelalter bis zur Romantik, die ich einmal gelesen hatte. An der Einstellung zu den Alpen kann man diesen Wandel pars pro toto aufweisen. In früheren Jahrhunderten galten sie als lästiges Hindernis zwischen Nordeuropa und den menschenfreundlichen Landschaften Italiens. Der einflußreiche Thomas Burnet stellte sich am Ende des 17. Jahrhunderts die Erde als ursprünglich glatt vor, ohne jede Erhebung oder Vertiefung. Die Berge als Hindernisse für Wirtschaft und Verkehr schuf Gott erst später, aus Zorn über die Sündhaftigkeit der Menschen. Als der berühmte Erfinder der Kunstgeschichte Winckelmann 1755 über die Alpen nach Italien reiste, zog er voller Abscheu und Grauen die Vorhänge seiner Kutsche zu, als er über den Brenner fuhr, damit er die Schrecknisse ringsum nicht sehen mußte. Aber schon Goethe fühlte ganz anders, als er dreißig Jahre später auf seiner ersten Italienreise den Paß überquerte. Im selben Jahr 1786 bestiegen zwei Männer zum ersten Man den Mont Blanc, 4807 Meter hoch. Damit begann der Alpinismus.

Statt vormittags arbeitete ich dann nachmittags, um gar nicht erst mit Ausreden zu beginnen.

Gerade komme ich von einem Ausflug nach Brig zurück. Mit dem Auto fuhr ich hinunter nach Fiesch. Man spricht es Fi-esch aus, wie ich in der Bank beim Einlösen eines Reiseschecks erfuhr. Von dort geht eine meist einspurige Schmalspurbahn dem Rotten entlang über Brig nach Visp und biegt nach Zermatt ab. Sie kommt von St. Moritz und Chur und von da dem Vorderrhein entlang und über den Oberalppass und den Furkapass hinab ins Goms. Das Gleis hatte ich bereits bei der Herfahrt hier und da neben der Landstraße gesehen. Das Ganze heißt Glacier-Express, der erste Teil Rhätische Bahn, der nächste Furka-Oberalp-Bahn. Einige Abschnitte waren so steil, daß Zahnräder unter dem Zug in eine mittlere, dritte Schiene einrasteten. Da fuhr der Zug im Schrittempo, und es knackte und rumpelte beim Einrasten. In einem Tunnel drehte sich der Zug einmal um sich selbst, vollführte eine 360-Grad-Kehre. In Brig hält der Zug auf dem Bahnhofs-vorplatz, dahinter der große Bahnhof der SBB. Brig ist ein Eisenbahnknotenpunkt. Von Westen, vom Genfer See her, der Rhone entlang, kommt eine Zuglinie; von Norden, von Basel und Bern her, im Lötschbergtunnel die Berner Alpen unterquerend, kommt eine zweite; die dritte führt kurz nach dem Bahnhof in zwei dunkle Röhren hinein, den Simplon-Tunnel, unter den Walliser Alpen hindurch nach Süden. Ich spazierte auf den Bahnsteigen auf und ab: überall Güterzüge mit Lastern auf Niederflurwagen auf dem Weg von Deutschland nach Italien. Unter den Lokomotiven waren viele schwere Krokodile – meine Lieblingslokomo-tive bei der Märklin-Eisenbahn meines Vaters zu Hause. Auch die Paßstraße sah ich. In der Talebene hinter Brig nimmt sie weitschwingenden Anlauf, um dann in Kurven und Kehren in die Berge aufzusteigen, wo sie hoch oben, schon auf über 1000 m Höhe – wie meine Landkarte sagt – zwischen Felsen und Bäumen verschwindet.

Heute habe ich mir einen Tagesausflug gegönnt, war mit der Arbeit gut vorangekommen. Ich fuhr von Fiesch aus mit der Luftseilbahn aufs Eggishorn (2927 m), von wo aus man den besten Blick auf den Aletschgletscher hat. (Kurz zuvor hatte ich zum ersten Mal überhaupt einen Gletscher gesehen, als ich einen langen Spaziergang zu der Stelle machte, wo man laut Karte so nahe wie nur überhaupt möglich an den Fieschergletscher herankommt. Ich erkannte ihn erst gar nicht als Gletscher, hielt die bräunlich gefärbten gezackten Formationen für Felsen. Peinlich für einen Nebenfach-Geographen.) Der große Aletschgletscher kommmt von rechts aus dem Gebiet von Jungfrau, Mönch und Eiger, hinter denen es hinuntergeht ins Berner Oberland. Er führt seinen Schutt auf andere Weise mit sich, nämlich als zwei dunkle Linien von Geröll links und rechts von der Mitte, die das Eis also in drei parallele Ströme teilen. Das kommt daher, daß am Konkordiaplatz drei Firnfelder zusammentreffen. In meinem Führer las ich, daß das Eis dort 800 m tief ist. Die Fließgeschwindigkeit des Gletschers beträgt zwischen 80 und 200 m pro Jahr, also im Durchschnitt je nach Breite des Tales und der Neigung das Talbodens 120 m/Jahr. Also 10 m/Monat, 30 cm/Tag. Da der Gletscher fast 25 km lang ist, braucht der ganz oben gefallene Schnee nach seiner Solidifizierung zu Eis ungefähr 200 Jahre, bis er am Ende schmilzt und als ein Bach in die Rhone fließt.

Für mich ist der Gletscher fest und knackt ab und zu. Für sich selbst ist der Gletscher zäh und knirscht. Für den Fels ist er geschmeidig und fließt. Für Atome verschieben sich Berge und Täler, sie können warten, ohne sich je zu langweilen.

Sie denken nicht, sie fühlen nicht,
In ihren Augen brennt kein Licht.
Nein – haben keine Augen nicht.

Der Aufsatz ist fertig. Morgen werde ich ihn an die Sekretärin in der Geographie schicken, die mir in ihrer Freizeit gelegentlich Texte ins Reine getippt hat. Wenn ich zurück nach R. komme, ist die Sache dann bereit zur Versendung an die *ZfMG*.

Da sich die vier Wochen in meinem Holzhaus langsam dem Ende zuneigen, suche ich seit einigen Tagen nach einem neuen Quartier für die acht Wochen, die ich für die Revision der Habilschrift vorgesehen habe. Auf der Landkarte habe ich ein Seitental des großen Rhonetals entdeckt, das mir gefällt, weil die Straße hinein in einem Wanderweg über einen Paß nach Italien endet. Also kein Durchgangsverkehr, wenig Tourismus. (Ich bilde mir ein, auf einer guten Landkarte die Landschaft einschätzen zu können.) Übermorgen fahr ich hin.

Ich habe eine neue Bleibe. Gleich morgens –heute ist Sonntag –fuhr ich los, unterhalb von Fiesch links über den Rotten und hoch nach Ernen. An den mit vielen Blumen geschmückten herrschaftlichen Steinhäusern erkennt man, daß dies jahrhundertelang der Hauptort des Goms war, bis ihn die neue Furkastraße rechts dem Rotten entlang ins Abseits stellte. Als hinter Ernen die Straße das Rhonetal in einer Kurve zu verlassen begann, stieg ich aus dem Wagen und blickte zurück in Richtung Bellwald. Jenseits des Rottens – einst ein riesenhafter Gletscher, der weiter unten den Genfer See entstehen ließ – stiegen die Abhänge und dann die Berge der Berner Alpen empor, dahinter ein steil aufragender Gipfel, nicht unähnlich dem Matterhorn, wie man es aus Fotos kennt, das Finsteraarhorn, der höchste Punkt der Gemeinde B., wie ich gelesen hatte, nicht ganz so hoch wie das Weisshorn, 4274 m, aber mit einer Aura wilder Einsamkeit, der Berg hinter den Bergen. Nun wurde die Straße enger, oft standen in den Kurven Spiegel am Rand, mit stark verzerrter Oberfläche derart, daß sie dem Fahrer aus seiner Perspektive einen klaren Blick auf die nächsten 100 m hinter der Biegung gaben. Dann kam plötzlich ein Tunnel. Für mich überraschend, ich hatte den auf der Karte gepunktet eingezeichneten Abschnitt der Straße – eigentlich verdächtig gerade – nicht beachtet, weil auch eine außen um den Bergstock herumführende Route eingezeichnet war, aber diese alte Straße war jetzt, nach dem Bau des Tunnels, zu einem Wanderweg herabgestuft worden. Ich hielt an, las die Tafel am Eingang und schaute in die Röhre hinein: 1964-65 gebaut, zwei Kilometer lang, ohne Beleuchtung, die Wände der kantige Fels des Bergs. Aber es kam minutenlang kein Auto, und so wagte ich die Durchfahrt. Der Ort dahinter eine abgeschlossene Welt. Ich stellte den Wagen ab. Hölzerne Stadel und Speicherhäuser, enge Gassen, ein paar Steinhäuser, ein Migrosladen, sogar ein Hotel, daneben ein tief einge-schnittenes Bachbett voller riesiger Wackersteine, die Binna, zur Zeit der Schneeschmelze sicher ein reißender Wildbach. Ich wanderte auf der Landstraße flußaufwärts, links und rechts an den Hängen Wiesen, oben der Saum von Tannenwäldern. Im Hintergrund ein Dreitausen-der, das Ofenhorn. Am Ende der Straße, da wo diese in unbefestigte Wege übergeht, von denen einer, wie ich sah, zum Albrunpaß hinaufsteigt: eine kleine Ansammlung von Holzhäusern, Fäld, davor eine Café-Wirtschaft. Nach einer Mittagspause Rückweg. Sehr schön war zu erkennen, daß dies einst ein Gletschertal war, wie ein U geformt, nicht wie ein V, wenn Wasser den Talboden erodiert hat. Das heißt, genau genommen war es ein unten durch ein V geöffnetes U: die Haupthobelarbeit hatte jahrzehntausendelang der Gletscher geleistet, dann, nach seinem Verschwinden am Ende der letzten Eiszeit, hatte der Bach, damals bestimmt ein kräftiger Fluß, die Erosion als Einschnitt weitergeführt. Im Hotel *Ofenhorn* machte ich eine Vesperpause.

Hier könnte ich bleiben. Ich sprach mit dem Hoteldirektor und mietete ein großes, schönes Zimmer „mit Lavabo". Es hatte zwei Fenster, eines nach Süden zur Binna, eines nach Westen mit Blick auf das Breithorn, fünf Kilometer entfernt, mit von Lawinen eingekerbten Schründen. Ich verpflichtete mich zunächst für vier Wochen, bestellte einen Schreibtisch und Stuhl dazu, erzielte finanzielle Sonderkonditionen und machte eine Anzahlung.

Inzwischen – es ist jetzt Mitte Juni – wohne ich seit einer Woche im *Ofenhorn*, eröffnet 1795 im Zuge des einige Jahrzehnte vorher von Engländern inaugurierten Alpentourismus. Damals war Binn (1400 m) nur über einen Pfad durch die dramatische Twingischlucht erreichbar, im Winter nur über einen tief verschneiten Bergrücken (über 2000 m), der den Kirchgängern am Sonntag nach Ernen stundenlange Hin- und Rückmärsche abverlangte, bis 1565 die Pfarrkirche im Ortsteil Wileren geweiht wurde, zu der man allerdings nur gelangen konnte, weil 1564 die steinerne Bogenbrücke über die Binna fertig geworden war. Der Blick vom Hotel über die Brücke hinweg zu St. Michael ist heute das meistfotografierte Motiv des Ortes und ganzen Tals. „Binn" ist übrigens eigentlich der Sammelname für die fünf Weiler des Tals, der Hauptort heißt genau genommen „Schmidigehischere". Der gefährliche Weg am Rande der Twingischlucht entlang wurde erst 1965 mit der Eröffnung des Tunnels entbehrlich. Weiter hinten ist das Tal, wie ich beim Besuch des Geschäfts eines „Strahlers" sah, ein berühmter Mineralienfundort. Einige hochwertige Bergkristalle gibt es weltweit nur hier, Wallisit oder Imhofit. Das wären einmal Ferien für einen Geologen!

Heute war ich auf dem Eggerhorn, schaffte den Aufstieg in etwas über einer Stunde, immerhin 1100 Meter Höhendifferenz, bin vom Fußball her gut in Form. Schaute hinunter ins Rappetal, sieht wild-einsam, fast hochalpin aus, keine Büsche oder Bäume, nur Wiesen. Der Talboden steigt von links, vom Rhonetal her steil an und endet rechts oben vor Bergen und Gletschern. Genau genommen beginnt es da oben, formt sich da zum Tal. Tief unter mir lag noch Schnee vom letzten Winter, unterhöhlt oder durchflossen von einem Bach, dem „Milibach". So heißt der Ort am Ausgang des Tals ins Rhonetal „Mühlebach". Das wäre einen Tagesausflug wert, wenn ich mit der Überarbeitung gut vorangekommen bin.

Abends esse ich meistens im Hotel, viele Alternativen im Dorf gibt es nicht. Ich habe einen Stammplatz an einem Fenster auf der „Veranda", einer Art Wintergarten-Anbau fast direkt über der Binna. Ich lese dann in den verschiedenen Landkarten und Führern, die ich mir gekauft habe. Die anderen Gäste sind Wanderer – das *Ofenhorn* als letzte Station auf dem Weg über den Albrunpaß nach Italien – oder Holländer – beim Weiler Giesse ist ein Campingplatz – oder Tagesausflügler von Brig oder Fiesch. Gestern speiste eine schöne junge Frau am Nebentisch, eine Französin, nein, wahrscheinlich aus der romanischen Schweiz, aber heute war sie fort. Ich verbrachte den Tag im Bett, fühle mich unwohl. Nach den gebuchten vier Wochen kehre ich zurück nach R.

Beim Abendessen sprach ich den Kellner an, warum es auf meiner Wanderkarte „Rappetal" heißt und auf anderen Karten „Rappental". Er wußte es nicht, denn er war nur im Sommer hier, kam aus Graubünden. Er heißt „Flurin", und seine Muttersprache ist ein rätoromanischer Dialekt. Er stammt aus einem Tal, das „Lumnezia" heißt, er zeigte es mir auf der Landkarte.

Auch Regula, das Zimmermädchen, arbeitete nur im Sommer hier. Wenn sie kam, um das Zimmer zu machen, ging ich einkaufen. Heute morgen blieb ich, um ihren Namen zu erfragen.

– Herr Doktor, sind Sie Schriftsteller?

Ich erklärte, was ich machte, und was für Papiere auf dem Schreibtisch lagen, und fragte, wie hoch im Winter der Schnee lag. Alles war tief verschneit, es lebten dann nur die Einheimischen hier, aber es wurden immer weniger. Genaues wußte sie nicht, sie war aus dem Lötschental in den Berner Alpen. Immer mehr junge Menschen verließen die abgelegenen Täler. Ich sagte, ich hätte Geographie studiert, und Astronomie sei mein Hobby. Ob sie mich an einem schönen Abend einmal zu einem Spaziergang begleiten wolle? Es gäbe zum Beispiel einen ziemlich hellen Stern, der Regulus hieße.

Als sie fort war, legte ich mich aufs Bett. Ich dachte an meine Eltern, denen ich seit meinem Umzug ins *Ofenhorn* nicht geschrieben hatte. Ich stand auf und tippte einen langen Brief in die Schreibmaschine. Es war herrlich hier, ich kam gut mit der Arbeit voran, machte aber auch Spaziergänge und Wanderungen. Ich kaufte Kuverts und Briefmarken. Ich schrieb auch an Keller. In beide Kuverts legte ich Ansichtskarten. Dann brachte ich die Sendungen zum Abwiegen zur Post, weil sie schwerer waren als normal. Dann legte ich mich wieder aufs Bett.

Gestern abend nach dem Essen wanderten Regula und ich den Berg hinauf zu Unners Meili. Ich sagte pseudo-schuldbewußt, ich sei aus Wien, der alten Hauptstadt der Habsburger, der Unterdrücker der Eidgenossenschaft im Mittelalter. Regula schüttelte fragend den Kopf.

– Wilhelm Tell? sagte ich.

Sie lachte und sagte:

– Lest ihr noch Schiller? Oder Sie vor 20 Jahren?

– Eines, sagte ich, hat mich an dem Stück beeindruckt, als wir es in der Schule lasen. Da trifft Wilhelm Tell hoch in den Bergen auf seinen Feind, den Landvogt Geßler, und der erschrickt, aber Tell beruhigt ihn. Da sagt Tells Frau zu ihrem Mann:

Er hat vor dir gezittert – Wehe dir!

Daß du ihn schwach gesehen, vergibt er nie.

Das fand ich sehr überzeugend.

Regula wartete auf einen Studienplatz in Psychologie. Unterdessen verdiente sie sich noch etwas Geld. Im Herbst würde sie in Basel mit dem Studium beginnen.

Unners Meili ist eine Alpe, eine Wiese. Hier macht der Weg eine scharfe Kehre nach rechts hinauf zum Eggerhorn, links schaut man über den Ort hinweg ins Tal, das nach Süden führt. Auf der Wiese steht ein Strommast für die Elektrizitätsleitung von einer Talsperre hoch oben in den Bergen. Die Sonne war schon lange hinter dem Breithorn verschwunden, es dämmerte. Es war ein warmer Abend, wir setzten uns auf die Decke, die ich im Rucksack mitgebracht hatte.

Als sich die ersten Sterne zeigten, erzählte ich von der Milchstraße. Sie sieht aus wie vergossene Milch. Erst mit dem Fernrohr erkannte man, daß es sich um einzelne Sterne handelte, und dann erkannte man, daß sie ein Sternsystem bildeten, eine Galaxie, 200 Milliarden Sterne, und wir mitten drin, nein, nicht mitten drin eigentlich, sondern am Rand eines Spiralarmes. Das war nicht einfach zu erkennen, dafür mußte man sich in Gedanken hinaus begeben aus der Galaxie und zurückblicken, und was man dann ‚sieht‘, mußte man in Gedanken konstruieren aus dem, was man von innen sieht, trotz Gaswolken und interstellarer Materie, die den Blick behindern. In unserer Umgebung gibt es ungefähr alle fünf Lichtjahre eine Sonne, alle 50 Billionen Kilometer, aber im Zentrum der Milchstraße alle fünf Lichtwochen. Von der Sonne zu uns sind es gut acht Lichtminuten, bis zum Pluto sechs Lichtstunden. Und dann erkannte man, daß gewisse Nebelflecke am Himmel selbst wieder Galaxien waren, nur noch viel weiter entfernt. Davon gibt es, denkt man, hundert

Millionen, oder vielleicht mehr, wenn man eines Tages weiter schauen kann.

Da küßte sie mich.

– Weißt du, fuhr ich fort, wie alt das Eisen im Blut deiner Lippen ist?

Und dann sagte ich, das Eisen werde gebraucht, damit der Sauerstoff daran andocken kann und mit dem Blut in die Zellen gepreßt wird. Aber woher kommt das Eisen, das wir mit der Nahrung aufnehmen? Und ich sagte, die Galaxien entfernten sich von einander. Wenn man jetzt in Gedanken die Blickrichtung, die Zeitrichtung umdrehe, dann könne man ausrechnen, wann alle Galaxien, alle Sterne an einem Ort versammelt waren.

– Damals, das war vor 14 Milliarden Jahren, explodierte das, es bildeten sich Atome, Wasserstoff und Helium, dann Galaxien, dann in ihnen Sterne. Ein Stern leuchtet, weil er Wasserstoff in Helium verwandelt. Wenn aller Wasserstoff verwandelt ist, verwandelt er Helium in Kohlenstoff und dann Kohlenstoff in Eisen und die anderen schweren Elemente. Dann platzt er, Milliarden Jahre nach seiner Entstehung, und schleudert das Eisen und so weiter in das Universum, und von so einem Stern ist irgendwann einmal etwas davon in unser Sonnensystem gekommen. Unsere Sonne ist erst 4,6 Milliarden Jahre alt, aber in fünf Milliarden Jahren wird sie auch soweit sein und explodieren und ihre erbrüteten schweren Elemente in die Welt hinaus pusten. So stammt das Eisen in deinem Blut von einem explodierten früheren Stern, der es vor einigen Milliarden Jahren herstellte.

Ich berührte leicht ihren Arm.

– Und den Kohlenstoff deiner Haut.

Sie schaute mir in die Augen.

– Dein Gehirn ist von einem anderen Stern.

– Alles ist nur Verwandlung.

Am Montag vertrat Regula wie immer Flurin an seinem freien Tag. Als sie nachmittags im Gartencafé am Nebentisch serviert hatte, stellte sie das Tablett ab und zog ihr linkes Bein hoch, um den Schuh auszuschütteln, offensichtlich wegen eines Steinchens aus dem Kiesbett. Wie sie da auf einem Bein stand und das andere am Knie abwinkelte, damit der Rock nicht hochrutschte, und x-Beine hatte, sagte ich halblaut zu ihr:

–You're lovely.

Auf dem Spaziergang am nächsten Abend fing ich von meinem Lieblingsthema in Sachen Vergänglichkeit und Vergeblichkeit an, daß nämlich in fünf Milliarden Jahren alles ausgelöscht sei, als hätte es nie bestanden, auch Shakespeare oder die Gravitationstheorie: nur noch neu geordnete Atome. Und daß wir allein im Weltall seien, daß uns kein Gott zuschaue und uns damit in die Unendlichkeit höbe, und auch keine spätere Generation intelligenter Lebewesen ersatzweise, trotz aller Hoffnung, die die NASA uns macht. Und zählte alle die Bedingungen auf, die erfüllt sein mußten, bis es auf der Erde nach dreieinhalb Milliarden Jahren Lebensentwicklung zu intelligenten, ihrer selbst bewußten Säugetieren gekommen sei. Und überschlug die Wahrscheinlichkeit, nein: Unwahrscheinlichkeit der Bedingungen, die dazu erfüllt sein müßten im Hinblick auf die Anzahl der Sonnensysteme in unserer Milchstraße.

Da überraschte mich Regula, als sie sagte:

– Und das sind nur die physikalischen Bedingungen: Felsplaneten, habitable Zone, Wasser, Magnetfeld, Atmosphäre und so weiter. Aber dazu kommt noch die biologische Unwahrscheinlichkeit. Die Geschichte des Menschen ist die Geschichte von Zufallsmutationen und -selektionen. Schon die Entwicklung von Proteinen war unvorhersehbar, wieviel mehr die von mehrzelligen Lebewesen. Intelligenz auf unserer Stufe hat sich unter Milliarden von Arten in drei Milliarden Jahren nur einmal entwickelt. Die Evolution hin zu dir hätte jederzeit anders verlaufen können.

Ich schaue sie mit ungläubiger Begeisterung an.

– Na ja, sagte sie, ich war immer an Biologie interessiert und will das auch im Zweitfach studieren.

Bin mit der Revision fast fertig, muß das Ganze aber doch noch einmal neu tippen lassen, bevor es zu einem Verlag gehen kann.

Ich bin nur froh, daß ich 1973, als ich mit meinem Projekt begann, die Mitte der sechziger Jahre als Endpunkt für meine Belegtexte festlegte, also die Zeit vor Beginn des Bürgerkrieges in Nordirland, denn der betrifft ja nicht nur das Selbstverständnis nordirischer Historiker, sondern auch das der in der Republik Irland. Und jetzt ist nicht nur alles noch im Fluß, sondern das Gebiet ist ein Minenfeld, das zu betreten für einen Großbritannien in vieler Hinsicht wohlgesinnten Deutschen heikel ist. Denn in den „Troubles" vermischen sich berechtigte soziale und politische Anliegen auf unheilvolle Weise mit religiösen und rassistischen, also reaktionären Feindschaften. In dieser Gemengelage stehen sich feindlich gegenüber unterprivilegiert/katholisch/keltisch/republikanisch auf der einen Seite und auf der anderen privilegiert/protestantisch/angelsächsisch/unionistisch. Zwischen einer Forderung nach 6 % Lohnerhöhung und einem Angebot von 2 % kann es einen Kompromiß geben, aber sobald Religion ins Spiel kommt, werden soziale und politische Spannungen intraktabel. Wenn Menschen erst einmal begonnen haben, sich als Mitglieder religiös oder ethnisch definierter „communities" zu verstehen, muß man sich bekennen, zur einen oder anderen Seite, sonst ist man ausgestoßen und schutzlos. Derart erhält sich Gruppenbildung durch Abgrenzung selbst am Leben. Gruppenzugehörigkeit erzeugt Gruppenhörigkeit, Mißtrauen erzeugt Mißtrauen. In Londonderry/Derry können sich die Kontrahenten nicht einmal mehr auf den Namen der Stadt einigen, weil die Benennung politisch aufgeladen ist. 1689 wurde die protestantische Stadt Derry von den Katholiken belagert; als die Belagerung nach heldenhaftem Abwehrkampf abgebrochen werden mußte, bekam die Stadt von London aus den Ehrentitel „Londonderry". Der ist nun für die jetzt katholische Mehrheit in der Stadt der Stein des Anstoßes. Wenn man die Stadt nennt, muß man bekennen, auf welcher Seite man steht. Als Ausweg heißt es dann manchmal „Derry/Londonderry", was zu der zynischen Bezeichnung „Slash City" geführt hat, was insofern gut paßt, als „slash" nicht nur „Schrägstrich" bedeutet, sondern auch „klaffende Wunde" oder „(die Kehle) durchschneiden". Da kann man nur hoffen, daß das Problem einmal verschwindet, vielleicht langfristig nach dem Beitritt des UK und der Republik Irland zur EWG/zum Common Market?

Regula entzieht sich mir. Ob sie spürt, daß ich jetzt wieder nach Hause will?

Heute morgen löste ich in Fiesch noch einmal einen Scheck ein. Vor dem Mittagessen sprach ich beim Hoteldirektor vor und erbat meine Rechnung. Ob alles zu meiner Zufriedenheit war? – Durchaus, ja, danke. – Ob ich vielleicht einmal wiederkäme? – Gewiß doch.

Nachmittag noch einmal ein Spaziergang hinauf zu Unners Meili. Ich blickte aufs Lengstal, der Straße entlang, dem Wildwasser aufwärts folgend, am Elektrizitätswerk vorbei bis zur Pilgerkapelle am Talende. Da beginnt links der Aufstieg zum Chriegsalppass. Einige Male war ich ein paar hundert Meter ins Tal eingestiegen, rechts der Chriegsalpbach, auf beiden Seiten steil ansteigender Berg, dichter Tannenwald. Hier war ich an einer flacheren Stelle ins Bachbett gestiegen und hatte auf den in der Sonne weißlichen Felsen gesessen. Grün-milchiges Schmelzwasser kommt von oben herab, stundenlang nie ein Mensch, der Paß ist oben gefährlich, nur ein paar Mal steigt hier im Sommer ein Wanderer hinüber nach Italien. Zwischen den riesigen Steinen sammelt sich hier und da das Wasser im Becken. Ich tauchte ein, nur einen Augenblick, es war eisig.

Heute morgen sagte ich Regula, morgen reiste ich ab. Sie schaute nicht auf, sondern fuhr fort, das Bett zu machen.

Abends kam sie nach dem Essen an meinen Tisch und überreichte mir eine kleine Schachtel, so groß wie eine halbe Tafel Schokolade, quadratisch. Ich fragte:

– Was mag das sein?

– Rate!

– Wie kann ich?

Aber dann sagte ich, ohne zu wissen, warum:

– Mühle.

Ich entfernte Band und Geschenkpapier und öffnete das Schächtelchen, und da war es ein Holzmechanismus. Rechts konnte man an einer Art Kurbel drehen, dann bewegten sich, in eine Vertiefung eingearbeitet, zwei Holzstückchen überkreuz gegeneinander derart, daß sie sich nicht trafen, wie Autos, die von zwei Seiten kommend nacheinander über eine Kreuzung fahren, und an einer Seite stand in schwarzen Lettern: Zwickmühle.

V

An dieser Stelle ist zunächst ein Wort in eigener Sache nötig. Bisher konnte ich mich für meinen – gemäß dem Wunsch der Mutter angefertigten – Bericht auf autobiographische Notizen und Korrespondenzen sowie auf die Publikationen von Max Becker selbst stützen, ferner auf Gespräche mit der Familie und mit Freunden und Bekannten, auf Akten und Dokumente der Schule und Universitäten, und konnte so eine ziemlich kontinuierliche Lebensbeschreibung herstellen. Wobei ich mir zugegebenermaßen bestimmte literarische Um- und Überformungen erlaubt habe, besonders deutlich in Teil II mit dem Versuch, Max' inneren Aufruhr im Hause Keller als eine Art Walpurgisnacht zu gestalten und seine vermutliche anschließende Verarbeitung zu Hause im Bett als inneren Monolog. Von nun an jedoch stehen mir nur noch wenige und überdies fragmentarische Quellen zur Verfügung, und so habe ich auch nur Fragmente aneinandergereiht und mit verbindenden und erläuternden Kommentaren versehen. Von nun an ist meine Rolle weniger die eines Berichterstatters als die eines Herausgebers. Das Bruchstückhafte der folgenden Partien mag jedoch Max Beckers weiterem Leben angemessen sein.

Nach den zuletzt geschilderten Ereignissen muß es zu einem Bruch in Max Beckers Leben gekommen sein. Die Eltern verloren weitgehend den Kontakt. Es gab einen längeren Auslandsaufenthalt. Nach der Rückkehr zog er in eine Ein-Zimmer-Wohnung, die er kaum noch und zuletzt offenbar gar nicht mehr verließ. Die Berufskarriere endete, es gab noch einige Lehraufträge, dann brach er sein früheres

Leben ab. Der Vater starb. Eines Tages lernte die Mutter bei einer Gesellschaft mich kennen, einen professionellen Ghostwriter für Familiengeschichten und Autobiographien. Als Frau Becker vor zwei Jahren die Nachricht vom Tod ihres Sohnes erhielt, kontaktierte sie mich. Wir schlossen einen Vertrag, führten lange Gespräche, ich erhielt Zugang zu den Familienunterlagen. Mein Bericht sollte dem Andenken ihres einzigen Kindes dienen. Kurz vor der Fertigstellung starb sie. Ich übergab ihn dem Nachlaßverwalter. Vielleicht sollte ich noch sagen, daß ich Max Becker nie persönlich begegnet bin.

* * *

Eine Sonderstellung unter den im folgenden wiedergegebenen Papieren nimmt der Briefwechsel zwischen Max B. und Regula N. N. ein. Es scheint, als habe Max B. einige Wochen nach der Rückkehr aus der Schweiz eine Karte an Regula ins Hotel Ofenhorn geschrieben, wodurch sie seine Adresse erfuhr und antwortete. In Briefen, von denen er Xerokopien anfertigte, begann er mit dem Vorschlag eines Besuchs ihrerseits bei ihm. Sie lehnte ab und offenbarte, daß sie seit längerem verlobt sei. Es gab aber wohl wirklich ein Treffen in Basel, wohin sie inzwischen zum Studium gegangen war. Jedoch konnte er sie nicht umstimmen und für sich gewinnen, wie man zwei letzten Briefen vom November entnehmen kann. Danach findet sich ihr Name in den Papieren nicht mehr.

* * *

Die nächsten schriftlichen Dokumente nach der Zeit im Wallis stammen aus einem Aktenordner, der auf das Jahr

*1979 als Entstehungszeit hindeutet. Neben Notizen und
Aphorismen scheinen mir die folgenden zwei Stücke charakteristisch für M. B.s Bedürfnis nach Ordnung und Übersicht
und seien deshalb hier abgedruckt.*

Entscheidungstheorie: Einteilung
A. Einstufige Entscheidungsverfahren
    I. Entscheidungsverfahren bei einfacher Zielsetzung
        1. Entscheidungen unter Sicherheit
        2. a) Entscheidungen unter Risiko
           b) Entscheidungen unter Ungewißheit
   II. Entscheidungsverfahren bei mehrfacher Zielsetzung
        1. Entscheidungen unter Sicherheit
        2. a) Entscheidungen unter Risiko
           b) Entscheidungen unter Ungewißheit
B. Mehrstufige Entscheidungsverfahren
    (Klassifizierung wie bei A.)

Spiele: Einteilungen
I. Nach dem Kriterium der Endlichkeit und der Infor-
    mation der Spieler (über den vorhergehenden Verlauf
    des Spiels)
    1. Endliche Spiele mit vollständiger Information (z. B.
       Schach oder Mühle)
    2. Unendliche Spiele mit vollständiger Information
    3. Endliche Spiele mit unvollständiger Information
       (z. B. Knobeln oder Pfennigspiel)
    4. Unendliche Spiele mit unvollständiger Information
       (z. B. Verfolgungsspiele)
II. Nach dem Kriterium der Gewinn-Verlust-Verteilung
    1. Nullsummenspiele (z. B. Schach)

2. Nicht-Nullsummenspiele (kooperative und nicht-kooperative)
III. Nach dem Kriterium der Personalzahl (wegen Interessenkollisionen bzw. Interessenkoalitionen) (Skat anders als Doppelkopf, Bahnvierer anders als Zeitfahren Mann gegen Mann)

* * *

Hin und wieder finden sich in den Papieren auch Gedichte. Zwei, auf 1980 datiert, gebe ich hier wieder.

Linguistic Limericks
Once the pope in his Holy See
Was stung in the arm by a wasp.
Instead of „Bad luck!"
He said „Oh no!
But I *am* glad it wasn't a hornet."

There was a man from Cirencester
Who never spoke to his sister
Since she had taken from Laois
A husband, a nouveau riche,
And not a man from Cirencester.

* * *

Der folgende Text, gerichtet gegen das – wie wir heute sagen würden – links-grüne kulturelle Milieu nach „1968", datiert auf 1989 (kurz vor der Wiedervereinigung), sei abgedruckt als ein Beispiel für mehrere Parodien, Re-writes und Satiren,

die Max B. als „Zwiderwurz" zeigen. So nannte ihn seine
Mutter in einem Interview kurz vor ihrem Tod.

Fortschritt in der Literatur

Weniger glückliche Zeiten als unsere Ära literarischer
Breite waren eher naiv im Umgang mit den von ihnen
verehrten Klassikern. Nur so konnte der archaische Mili-
tärepiker Homer zwei Jahrtausende als Vorbild gelten, nur
so der „law-and-order"-Befürworter William Shakespeare
jahrhundertelang als Höhepunkt des Dramas erscheinen.
Zwar gibt es auch heute noch vereinzelte Fällte rückwärts-
gewandten Denkens – so hielt der im deutschen Sprach-
raum gelegentlich liebevoll „Kleinmeister des Zerfalls"
genannte Samuel Beckett den apolitischen Formalisten
James Joyce für den größten Vertreter des Realismus-
Naturalismus –, aber insgesamt darf diese Haltung der
Gegenwart als überwunden gelten. Als Belege müssen
einige wenige Beispiele genügen.

Die konservative Provinzautorin Jane Austen, Verfas-
serin mehrerer englischer Romane, brachte ihre Werke zu
Anfang des 19. Jahrhunderts noch ängstlich ohne Namen
heraus. Das könnte dem deutschen Prosaisten Hans Peter
Bleuel – 1984-88 Vorsitzender des Verbandes deutscher
Schriftsteller e.V. (VS) – nicht passieren, und man sieht
den Fortschritt.

Schrieb Heinrich von Kleist, Autor mehrerer hin und
wieder gespielter Preußendramen, vor seinem Freitod
defätistisch, „die Wahrheit ist, daß mir auf Erden nicht zu
helfen war," so wissen wir seit der bekannten Dramatikerin

Ingeborg Drewitz – langjähriges Mitglied der VS –, daß solche Worte aus der Vereinzelung des Unorganisierten heraus gesprochen sind und heute nicht mehr vorkommen.

Schließlich sei noch Franz Kafka erwähnt, ein persönlich bescheidener Erzähler aus Böhmen, der seine selbstquälerischen Werke nach seinem Tod vernichtet haben wollte. Vergleicht man den sich in solch privater Melancholie ausdrückenden Mangel an Selbstvertrauen mit der Haltung eines Bernt Engelmann – bedeutender Romancier und 1977-83 Vorsitzender des VS –, dann sieht man auch hier den Fortschritt.

* * *

Nachdem es in den Bereich des Möglichen kam, sogenannte „Exoplaneten" aufzuspüren, also Planeten, die um nahegelegene andere Sonnen (nur 4–10 Lichtjahre entfernt) kreisen, brach ein, wie man heute sagen würde, „Hype" sondergleichen aus um die Frage, ob es dort vielleicht Leben, eventuell sogar intelligentes Leben gebe. Max B. schaltete sich mit einem Leserbrief in die Debatte ein, der aus dem Jahr 1992 stammen dürfte, jedoch nirgendwo abgedruckt worden zu sein scheint. Er sei hier wiedergegeben, weil er typischerweise skeptisch ist. „Typischerweise" sage ich, weil die skeptische Hypothese die unbequemere der beiden Möglichkeiten ist, charakteristisch für Max, der – wie seine Mutter damals auch sagte – ein Buch, das auf der Bestsellerliste stand, sicher gerade nicht lesen würde. Unbequem ist die Skepsis in dieser Frage erstens für alle Fortschrittsenthusiasten, unbequem zweitens als wissenschaftliche Position, denn psychologisch ist sie insofern im Nachteil, als ihr Verfechter nur verlieren

kann, bestenfalls ein Unentschieden erreicht, während der
Optimist nur gewinnen kann, schlimmstenfalls mit einem
Unentschieden zufrieden sein muß. Die skeptische Position
ist riskanter, die optimistische bequemer. Vornehmer und
mit Karl Popper ausgedrückt: die Position des Skeptikers
ist falsifizierbar, die des Optimisten nicht; wenn wieder
einmal ein Exoplanet die Hoffnung auf Leben nicht erfüllt
hat, kann man auf den nächsten Hoffnungsträger warten.

Sehr geehrte Leserbriefredaktion!
Ihre Zeitung hat mehrfach über mögliche Gesteinsplaneten in der sogenannten „habitablen Zone" nahegelegener
Sonnensterne berichtet. Seither spekulieren viele Laien
über die Möglichkeit von Leben, vielleicht sogar hochentwickeltem Leben auf diesen Planeten. Warum auch nicht,
gibt es doch in unserer Galaxie – über sie hinauszudenken
ist sinnlos – etwa 200 Milliarden Sonnen und vielleicht
Gesteinsplaneten in der richtigen Entfernung von ihrer
Sonne in ähnlicher Größenordnung. Auch tut ja selbst die
NASA so, als glaube sie fest an diese Möglichkeit – allerdings wohl vor allem wegen der Forschungsmittel. Gestat-
ten Sie einem Hobby-Astronomen einige ernüchternde
Bemerkungen, denn die Umlaufbahn eines Gesteinsplaneten um die Sonne in einer hospitablen Entfernung ist
nur die harmloseste von vielen Bedingungen für Leben,
geschweige intelligentes Leben. 1. Seit der Entstehung
von Leben auf unserer Erde vor ca. 3,7 Milliarden Jahren
mussten über diese lange Zeit hin sehr stabile Verhältnisse
herrschen, bis sich vor etwa 5 oder 6 Millionen Jahren das
seiner selbst bewusste Säugetier Homo entwickelte: eine
gleichmäßig leuchtende Sonne, keine die Erde treffen-

de Katastrophe. Längst nicht alle Sonnen erfüllen diese Bedingung. 2. Sodann müsste, da unsere Sonne ja kaum schwere Elemente aufweist, die jedoch – zum Beispiel Eisen und Kohlenstoff – für Leben notwendig sind, in der Nähe eine Supernova explodiert sein, also eine Sonne, die diese schweren Elemente bereits erbrütet hat, und müsste diese Elemente zu uns herübergepustet haben. Die Nähe dieser Supernova darf aber nicht zu nah sein, sonst ist deren Explosion genau die Katastrophe, von der eben gesagt wurde, dass sie nicht eintreten dürfe. (Natürlich kann man überlegen, ob es nicht vielleicht Leben geben kann, das nicht auf Kohlenstoff und Wasser basiert, aber dann wird es noch spektulativer). 3. Der Planet muss sich um sich selbst drehen, denn wenn er seiner Sonne immer dieselbe Seite zuwendet, ist die eine Seite heiß, die andere kalt, mit desaströsen Folgen für Klima und Atmosphäre. Er darf sich aber auch nicht zu schnell drehen, weil er sonst seine Atmosphäre verlieren würde. 4. Eine Atmosphäre ist jedoch notwendig, damit das für Leben notwendige Wasser auf der Oberfläche des Planeten nicht verdampft. 5. Weiter ist ein Magnetfeld gegen kosmische Strahlung unerlässlich, und das heißt, dass der Planet einen flüssigen Eisenkern haben muss. 6. Er darf nicht zu groß sein, weil die Schwerkraft sonst zu stark wird; er darf aber auch nicht zu klein sein, weil er seine Atmosphäre sonst nicht halten kann. 7. Bevor Tiere, Lebewesen mit höherer Nerventätigkeit, entstehen können, müssen viele Milliarden Jahre lang Bakterien und Pflanzen Sauerstoff produziert haben, weil Tiere an Land Sauerstoff zum Transport von Energie in ihre Zellen brauchen, übrigens auch das schon genannte Eisen. 8. Diese Atmosphäre braucht immer wieder Nachschub, denn pausenlos gehen Moleküle in den Weltraum verloren; und dafür darf der Planet noch nicht erkaltet sein, denn für den Nachschub an Atmosphäre braucht es Plattentektronik und Vulkanismus. 9. Zur langfristigen Stabilisierung seiner Achse benötigt der Planet ferner einen großen Mond, und dessen Entstehung durch den Einschlag eines Riesenmeteoriten hat bei unserer Erde praktischerweise stattgefunden, bevor Leben entstanden war, das dann wieder vernichtet worden wäre. 10. Und schließlich ist Leben auf der Erde nur einmal entstanden, eben vor 3,7 Milliarden Jahren, was bedeutet, dass selbst dann, wenn die Bedingungen vorhanden sind, Leben über Milliarden von Jahren nicht entsteht. 11. Und dann mag es Bedingungen geben, die wir nicht kennen. Wer also glaubt, die Frage nach der Wahrscheinlichkeit von hochentwickeltem Leben außerhalb der Erde bejahen zu können, der weiß nicht einmal, daß er nichts weiß.

* * *

Es fällt auf, daß sich unter den Papieren seit Mitte der achtziger Jahre viele Leserbriefe finden. Zuerst waren sie an die linksorientierte Frankfurter Rundschau gerichtet, dann an die links-liberale, CSU-kritische Süddeutsche Zeitung, schließlich an die großbürgerliche Frankfurter Allgemeine Zeitung, offensichtlich ein Reflex der politischen Entwicklung, die Max B. damals nahm. Im folgenden dokumentiere ich eine kleine Auswahl der von den genannten Zeitungen abgedruckten Stellungnahmen.

Die erste ist eine Kritik an Luise Rinser, die von den Grünen aufgestellte Kandidatin für das Amt des Bundes-

präsidenten. Sie hatte als junge Frau national-sozialistisch gefärbte Gedichte im Sinne des Führerkults veröffentlicht, war dann jedoch zum Fan des nordkoreanischen „Führers" Kim Il-sung geworden. In ihrem Nordkoreanischen Reisetagebuch, 1986 in einem Wiederabdruck erschienen, hatte es geheißen, kein anderes Land, zumindest in der Dritten Welt, habe so viele positive Züge wie Nordkorea. Und nun (1988) in Auszügen der Leserbrief.

Nordkorea kennt (laut Rinser) keine Arbeitslosen, keine Wohnungsnot, keine Mafia, keine Drogensucht, kein Einsamkeits-Syndrom, keine Zerstörung ethischer und humaner Werte, keine Gefängnisse, keine Folter, keine erzwungenen Geständnisse, wie jedenfalls ihr Dolmetscher sagt, nur Umerziehungshäuser, aus denen keiner je wegläuft, weil jeder einsichtig seine Schuld büßt. Dagegen muß Luise Rinser bei uns in Deutschland an Stammheim denken. Aber – so fragt sie laut *Reisetagebuch* kühn – gibt es nicht Lager, in die Oppositionelle ohne Prozeß kommen und die sie nur als Tote wieder verlassen? So jedenfalls stand es in der *Welt*. Gottseidank kann Kim die Frage verneinen.

Immerhin war Rinsers Kandidatur danach erledigt. Aber es gibt auch witzige Leserbriefe. Hier einer aus dem Jahr 1990, mit dem Max B. auf einen Bericht über „oben ohne" im Münchner Englischen Garten reagierte. Ein Redakteur hatte in einem Artikel offenbar das Wort „Busen" falsch gebraucht.

Es ist ganz richtig, wenn V. zwischen Sprachgebrauch und Etymologie unterscheidet. Der banausische Sprachgebrauch ist klar: „Busen" heißt heute hauptsächlich „weibliche Brust", vor allem in ihrer „plastischen Erscheinung". Tatsächlich jedoch verhalten sich Brust und Busen zueinander wie Berg und Tal, die zwar zusammengehören, aber einander entgegengesetzt sind. Je höher der Berg, desto tiefer das Tal. Was „Busen" bedeutet, ergibt sich, wenn man weiß, daß das Wort eine Entlehnung aus dem Lateinischen ist und „sinus" übersetzt. Das hat mit „mamma" soviel zu tun wie die Faust mit dem Auge. Den Busen gibt es erst seit der Zeit, als die neuen tiefen Décolletés etwas zeigten, für das es bisher kein Wort gab. Lateinisch „sinus" bedeutet eindeutig „Tal". Man denke an Abrahams Schoß („sinus Abrahae"), die bergende Einbuchtung, die entstand, als der Patriarch sich hinsetzte, und in der die Heiligen saßen, die vor Jesu Erlösungstat gestorben waren, also noch nicht in den Himmel konnten. Und Buchten wie der Jadebusen sind keine Ausbuchtungen des Meeres, sondern (schützende) Einbuchtungen des Landes. Ein schöner Busen ist also das Tal dazwischen, wenn auch definiert durch die beiden Berge rechts und links. So sagt Scheherezade in der 422. Nacht ganz richtig von einer „schönen Maid": „Ihr Busen ist gleichwie zwischen Bergen ein Pfad." Ich gebe aber zu, daß die Sache in Westeuropa offenbar schwer zu verstehen ist, denn selbst die Franzosen, die doch das Décolleté erfunden haben, meinen mit frz. „sein", abgeleitet von lat. „sinus", die beiden Protuberanzen.

Ein zweiter Leserbrief dieser Kategorie betrifft den Vorschlag eines Grundeinkommens für alle, unabhängig von der Bedürftigkeit.

… möchte ich auf eine Geschichte im Micky-Maus-Heft Nr. 3 vom März 1952 verweisen. Da verteilt – in der gerühmten Übersetzung von Dr. Erika Fuchs – ein Zyklon die etwa 3.000 Kubikmeter Goldstücke und Banknoten aus Onkel Dagoberts – unverständlicherweise nach oben offenem – Geldsilo über das Land. Nun gehen alle auf Weltreise, niemand will mehr arbeiten. Außer Onkel Dagobert. Der allerdings bietet seine Dienstleistungen für die Reisenden zu so horrenden Preisen an – ein Ei kostet 1 Million Taler –, daß er sein Vermögen bald wieder beisammen hat. Vielleicht wäre ein Wiederabdruck im Feuilleton zu empfehlen?

Viele Briefe vermitteln – offen oder verdeckt – den Eindruck, daß sich auf diesem Weg jemand Gehör verschaffen will, der in seinem beruflichen oder sonstigen Umfeld nicht die Aufmerksamkeit erlangt hat, von der er glaubt, daß sie ihm gebühre. Bei diesen Einlassungen fielen mir die schon angeführten Charakterisierungen contrarian und Zwiderwurz ein, und ich hatte das Gefühl, daß hier jemand die Notwendigkeit oder Lust zur Deflationierung empfand, also: mit spitzer Nadel in den Luftballon von Angeberei oder Hochstapelei zu stechen. (Natürlich könnte man spekulieren, was es bedeutet, wenn einer überall Hochstapelei wittert.)

Eine Reihe von Leserbriefen befaßt sich über die Jahre immer wieder mit dem zunehmenden Bedeutungsverlust des Christentums in Deutschland. Der sei, so heißt es mehrfach, natürlich der Modernisierung und der allgemeinen Tendenz zur Säkularisierung der westlichen Gesellschaften geschuldet, andererseits jedoch selbstverschuldet, z. B. durch einen Kommunions- und Religionsunterricht, der mehr Wert auf

das Malen von Brücken bei den Kleinen oder Diskussio-
nen von Verantwortungsethik vs.Gesinnungsethik bei den
Großen lege denn auf Bibellektüre oder Vermittlung von
Glaubensinhalten. Zwei Beispiele aus der Zeit, als Max B.
noch Lehrveranstaltungen anbot.

Im letzten Semester kamen wir in einem Seminar auf den
amerikanischen Puritanismus und seine Obsession mit der
Sündhaftigkeit des Menschen zu sprechen. Keiner wußte,
was die Erbsünde ist und warum Jesus Christus eigentlich
am Kreuz für uns gestorben ist. Als wir in einem anderen
Zusammenhang auf den Begriff der Todsünde zu sprechen
kamen, wußte nur ein Teilnehmer, was das ist; von dem
Gegenbegriff der „läßlichen Sünde" hatte niemand auch
nur gehört. Alle waren Christen, die meisten Katholiken,
hatten insofern 13 Jahre Kommunions- und Religionsunterricht gehabt. Wenn nun jemand meinen sollte, das mit
der Sündhaftigkeit des Menschen sei auch wirklich über-
holt, dem könnte ich genauso viele Geschichten über die
Kenntnis der tröstlicheren Seiten des Glaubens erzählen,
etwa über Pfingsten und die Bedeutung der Inspiration.
Ungläubiges Lachen oder Gemurmel der Studenten ist
die Folge.

Offenbar plagte Max B. dabei nicht so sehr der Verlust an
Orthodoxie, sondern eher die Frage, was an die Stelle des
untergehenden Christentums treten wird, wie aus folgendem
Text hervorgeht.

Die Ansprüche des Christentums sind domestiziert und
relativiert worden durch die Entdeckung der Antike in der

Renaissance, durch die Erschöpfung im Dreißigjährigen Krieg, durch die Philosophie der Aufklärung sowie durch die politische, soziale und kulturelle Entwicklung in der Moderne. Soll nun aber der Karfreitag ersetzt werden durch Car-Friday (innerstädtische Autorennen) oder Fronleichnam durch einen Vatertag, an dem betrunkene Männer Bollerwagen voller Bierflaschen durch die Landschaft ziehen?

* * *

Ich habe schon erwähnt, daß ich mit diesem Lebensbericht auf Wunsch seiner Familie die Erinnerung an Max B. bewahren sollte. Als ich die Arbeit fast beendet hatte, beim Korrekturlesen war und bereits einen Termin ausgemacht hatte, um das Ganze – nach dem Tod der Mutter, und Geschwister und Kinder gab es ja keine – dem Nachlaßverwalter zu übergeben, fand ich beim Ordnen der Unterlagen noch ein Schulheft mit Notizen (Briefentwürfe, Tagebucheinträge?). Der Zeitpunkt ihrer Niederschrift muß offen bleiben.

Wenn meine Schreibkunst nicht so brav-bürgerlich wäre, könnte ich der ganzen Biographie die Überschrift

Bauten – Trümmer – Geröll

geben. Aber ein solcher Titel ließe eine riskantere sprachliche Gestaltung erwarten. Wenn schon ein Titel dieser Art, dann müßte er lauten:

Formen des Erzählens

Ein gartenähnlicher Parkplatz – es dämmert schon – es ist der Antritts- und Vorstellungsbesuch bei deinen Eltern – du öffnest die Tür, ich blicke in die matt erleuchtete große Diele, hinten steht die Glastür zum Wohnzimmer offen – im Licht des bernsteinfarbenen Lichts der Stehlampen schaut die Mutter zu mir, eine imposante schwarzhaarige Frau in einem roten Kleid – mit Schrecken bemerke ich, daß ich mit dem Nachthemd bekleidet bin – ich drehe mich um und eile zum Auto zurück, muß mir zu Hause Unterhose und Hose anziehen – Eile, Unruhe, wie soll ich rechtzeitig zum ausgemachten Termin zurücksein – wo steht das Auto, es ist jetzt pechschwarze Nacht, der Parkplatz unbeleuchtet – ich betätige den elektronischen Türschlüssel, da leuchtet es auf – zurückfahren und wieder hierher, wie soll ich das schaffen – die Fahrt auf der Landstraße den Berg hinauf – da verengt sich die Straße, links und rechts Häuser, ich komme nicht mehr durch – Unruhe wächst – ich stemme den Wagen mit beiden Armen über den Kopf, trage ihn durch die Gasse – zu Hause versuche ich, das Nachthemd in die Unterhose zu stopfen – ein Hemd anzuziehen kann ich mir sparen – es geht aber kaum, es ist viel dicker als ein Unterhemd, es ist das dunkelrote Winter-Nachthemd – ich verhaspele mich wegen der Eile – dann die blaue Hose mit den Bügelfalten drüber – endlich wieder an deinem Haus, es ist schon viertel nach 9 – drängende Unruhe, was werden deine Eltern sagen – was wirst du sagen

Ein Punkt, wo du mir Vorwürfe gemacht hast: meine „intellektuelle Haltlosigkeit", wie du das nanntest. Ich könnte sagen, daß ich durchaus feste Überzeugungen – begründete, wie ich überzeugt bin – zu Politik, Wirtschaft, Schule und vielem mehr habe, eigentlich zu fast allem. Aber es stimmt: Meine stärksten Überzeugungen betreffen die Form der Wahrheitsfindung, nicht die Inhalte der Wahrheit. Ich bin religiöser Agnostiker, kenne Kategorien wie „heilig" oder „tabu" nicht, kenne keine „heiligen Schiften", bin inhaltlich sozusagen ohne festen Boden, ohne archimedischen Punkt. Woran ich glaube, wenn das das richtige Wort ist, das sind die wissenschaftlichen Methoden, rationales Vorgehen, empirische Forschung, Experimente zum Beispiel, und bei der Deutung von Texten keine Wortspiele, kein Argumentieren mit Metaphern, Vorsicht vor sprachlichen Hypostasierungen und so weiter. Ob ein solches formales Überzeugtsein jedoch standhält in der Auseinandersetzung mit inhaltlichen Überzeugungen, auch törichten, gerade törichten? Kluge Formen ohne festen Inhalt gegenüber festen Inhalten ohne kluge Form?

Nachts ist man allein mit sich.

Gestern fast eine Erleuchtung. Meine Cousine – nie verheiratet, Operationsschwester, schon früh etwas altjüngferlich, aber geistig lebhaft, eigentlich recht nett – war vom Rad gefallen, hatte sich das Bein kompliziert gebrochen, war jetzt in der Reha, ganz in meiner Nähe, und ich besuchte sie. Als wir nach der Begrüßung aus dem Haupthaus traten, um in einem Pavillon, hundert Meter entfernt, Kaffee zu trinken, sagte sie, daß sie sich alleine nicht trauen würde, den Weg über den Vorplatz zu gehen. Seit einiger Zeit habe sie das, trotz Medikamenten, es sei Agoraphobie. Was mir im nachhinein wie eine Erleuchtung vorkam, war: daß sie mir das erzählte – es war für sie keine vernichtende Diagnose, die Geheimhaltung verlangte, es war störend, unangenehm, betraf aber offensichtlich nicht ihre Persönlichkeit.

Ich dagegen muß immer dagegen halten. Es ist wie ein Netz, das sich immerzu um einen zuzieht, wenn man sich nicht dagegen stemmt. Das Leben als Abwehrkampf. Es ist wie bei einem Krebskranken, der Medikamente kriegt, so daß er weiterlebt, aber das Weiterleben besteht nur noch darin, die Medikamente zu nehmen, so daß er weiterlebt.

Wäre es nicht eine Entlastung, wenn du das öffentlich machtest? hast Du gefragt. Ja, eigentlich. Aber wollen andere da hineingezogen werden? Und: Wenn ein solches Geständnis erst einmal dem Gehege der Zähne ... – ich sah, dass du das nicht kanntest – entronnen ist ... Wenn sich, zum Beispiel, beim Abendessen vor mir oder uns ein Ehepaar, Freunde, stritten, und wenn sie dann sagte, daß es im Bett schon länger ... Auch wenn sie dann abbricht, das kann man nie mehr ungesagt machen, und es nützt auch nichts, wenn man das bei einer späteren Gelegenheit zu relativieren versucht.

Vielleicht ist es auch sachlich besser, es vor sich selbst ruhen zu lassen. Die Angst ist ein Drache, der jetzt in seiner Höhle schläft. Man hofft, daß er desto tiefer schläft, je länger er schläft.

ich habe sie vergessen
denk nicht mehr an sie

daß sie sich einmal an mich lehnte
im regen unter dem schirm
weiß ich nicht mehr

ich erinnere mich nicht mehr
was sie mir sagte als

den weg zu dem bach
und auf steinen hinüber
kenne ich nicht mehr

ich habe dich vergessen

Das Gehirn ist nicht entstanden, damit es sich mit sich selbst beschäftigt – Mathematik: rekursiv, Logik: ipsoreflexiv, Literatur: selbstreferentiell/rückbezüglich – Uruboros, die Schlange, die sich selbst in den Schwanz beißt, verzehrt, geht eben nicht, Möbius-Band, mise en abîme, regressus ad infinitum, die sich selbst malenden Hände von Escher, sind aber von Escher gemalt – ich bräuchte ein Gegenüber, steh mir im Weg

Zeichen/Anzeichen – Anzeichen haben keinen Zeichengeber, der das auch hätte lassen können, sind determiniert, daher keine Zeichen im engeren Sinn – bei Repräsentationszeichen: Zeichengeber, Zeichenträger (das Zeichen im eigentlichen Sinn), Rezipient – ist Arschloch! nur Beleidigung, wenn Sprecher weiß, was er tut, Kleinkind zum Beispiel? Oder wenn der Betitelte das Wort versteht, Chinese zum Beispiel? Oder beide? – Zeichen als Anzeichen ausgeben: kann im Theater nicht in der Mitte sitzen, sage: habe Blasenentzündung, muß immer schnell wegkönnen

Beromünster, Droitwich

Konnte letzte Nacht nicht einschlafen, überlegte Folgendes.
Wie verhält sich der Flächeninhalt eines Kreises zu dem eines Quadrats, in das der Kreis genau hineinpaßt, also wenn
der Durchmesser des Kreises gleich ist der Kantenlänge
des Quadrats? War im Dunkeln nicht einfach, bräuchte
eigentlich Stift und Papier. Rechnete immer wieder. Für
Durchmesser 1, für 2. Kam auf 4 zu π. Das Verhältnis der
Fläche des Quadrats zu der des Kreises ist 4:π. Dann für
Volumen von Würfel zu Volumen Kugel. Mußte aufstehen,
wegen der Formel für Kugeln. Und rechnete. Kam auf 6:π.
Ging wieder ins Bett. Dachte: Was ist dann das Verhältnis
zwischen den beiden Verhältnissen? 4:6, also 2:3! Kommt
das wegen Zweidimensionalität zu Dreidimensionalität? Wie
wäre das für vierdimensionale Körper? Schlief endlich ein.

Prestwick, Gander

Kraniche ziehen über mir in den Sonnenuntergang – sie
spüren den Winter – sie krächzen oder wie immer das
heißt, immerzu, damit keiner verlorengeht – in Forma-
tion wie eine Pfeilspitze, eine Seite länger – sie kommen
von links aus Nordost, aus einem wolkenverhangenen
dunklen Himmel – sie kommen aus der Nacht – Ostsee,
Finnland, Arktis – sie werden die ganze Nacht hindurch
fliegen – Kraniche fliegen durch die Nacht

Immer, wenn ich nachts aufs Klo muß, habe ich gerade
geträumt. Natürlich – denn aus traumlosem Tiefschlaf
wacht man nicht von selbst auf. Wenn ich mir dann den

Traum nicht sofort vergegenwärtige, verschwindet er nach ein paar Sekunden unwiederbringlich aus dem Gedächtnis. Es sei denn, ich erwische doch noch einen Zipfel und kann den ganzen Stoff nach und nach zu mir herziehen. Warum entfallen einem eigentlich Träume? Passieren sie in einem Teil des Gehirns, der nicht meiner Kontrolle unterliegt? Ich denke, es ist so. Die Welt – Dinge, Ereignisse, Sachverhalte – des Wachens, des Bewußtseins, liegt im Tageslicht vor mir. Ich brauche nur die Augen zu öffnen und den Blich auf das zu richten, was ich sehen will. Die Welt der Träume hingegen liegt im Dunkeln. Wenn ich nach dem Aufwachen Bilder eines Traums erinnern will, ist das, als müßte ich einen Scheinwerfer suchen lassen, hier und da, bis der Lichtstrahl das Objekt trifft, aber man weiß nicht, wo sich das befindet, man fährt den Scheinwerfer hin und her, und man muß sich beeilen, denn es zieht Nebel auf, und nach ein paar Sekunden trifft der Strahl nichts mehr. Wenn der Scheinwerfer ein Objekt getroffen hat, kann man sich daran orientieren und den Rest erfassen. So funktioniert das Sich-an-einen-Traum-Erinnern.

Unruhe, Erschütterung wie von einer entfernten Plattiermaschine. Nur: ich bin das selbst. Mußte nachschauen, heißt Rüttler.

Im Flußbett der Zeit, von ihrer Unwiderstehlichkeit geschoben, gezogen, stößt sich Gestein seinem Horizont entgegen, zerreibt sich zu Schotter, Kies, Schutt, Körnern von Sand, löst sich auf im unendlichen Meer der Stille – Entropie ist seine Entelechie –